POWERPLAY

- Eine Eishockey Story -

Inhalt

Prolog 5

Vorgeschichte 9

Erstes Drittel 15

Zweites Drittel 57

Drittes Drittel 109

Epilog 173

Hinweise, Rechte und Haftungsausschluss 178

Quellenverzeichnis 179

Nachwort des Autors 180

Mannschaftsaufstellung - *„Starting Six“*

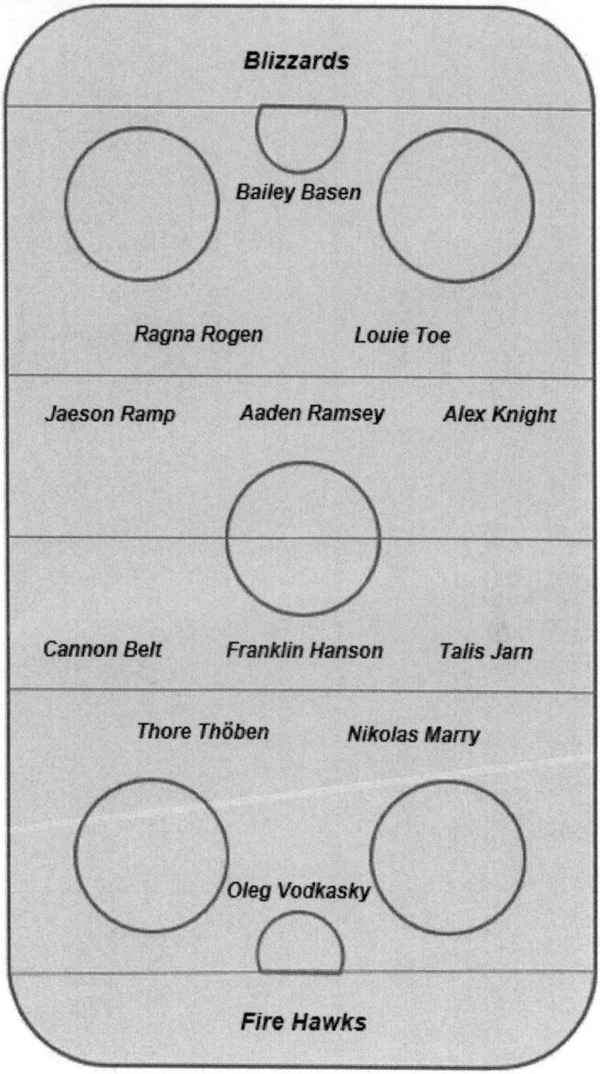

Prolog

Ein wilder Wirrwarr aus Beschimpfungen und Buhrufen hallt durch das Stadion. Eben noch rast Aaden Ramsey über das Eis und plötzlich gefriert der Moment. Ein unerwarteter Schmerz durchzieht seinen Körper. Im nächsten Augenblick landet er bereits unsanft auf dem harten gefrorenen Untergrund.

Aaden öffnet langsam die Augen. Mit einem Mal nimmt er alles wie in Zeitlupe wahr. Verschwommene Bilder der Stadiondecke kreisen in seinem Kopf. Die an der Decke befestigten Ventilatoren drehen sich ebenfalls auffällig langsam. Ein stetiges Kreisen flimmert vor seinen Augen.

Die Uhr des Videowürfels steht bei 19 Minuten und 26 Sekunden. Die aktuell gespielte Zeit beträgt also lediglich 34 Sekunden. Oberhalb der Spielzeit befindet sich eine große eins. Diese Verrät, dass es sich um das erste von drei zu spielenden Dritteln handelt. Unterhalb der Spielzeit blinken auf dem Videowürfel zwei große

Nullen, die den Spielstand zwischen den beiden Mannschaften wiedergeben. Das Spiel scheint unterbrochen zu sein.

Auf den Zuschauerrängen herrscht ein rasendes Durcheinander. Laute Schreie peitschen durch die Arena. Die von Beginn an aufgeheizte Atmosphäre der ausverkauften Eisarena scheint bereits wenige Sekunden nach dem Eröffnungsbully[1] ihren Höhepunkt erreicht zu haben.
Aaden liegt noch immer bewegungslos auf dem Eis und starrt benommen an die Decke. Langsam aber stetig durchdringt die Kälte des Eises seine Ausrüstung und fließt in seinen Körper. Ein wohlwollend kribbelndes Gefühl auf der Haut macht sich in ihm breit. Dieses vermag die Schmerzen zu übertönen.

Was war passiert?
Wie konnte es ihn so dermaßen umhauen?
Und das in einem so wichtigen Spiel!

Trotz der in Wellen durch den ganzen Körper ziehenden Schmerzen bildet sich ein leichtes Lächeln in seinem Gesicht. *War das schon alles,*

---

[1] Das Bully ist der Einwurf des Pucks durch den Schiedsrichter beim Eishockey, Quelle: https://de.wikipedia.org/wiki/Eishockey, Stand 18.07.2022

was ihr Flaschen draufhabt? Hm, ich werde mich revanchieren, das verspreche ich euch“, flüstert er mehr zu sich selbst.

In die Schreie der Zuschauer gesellen sich weitere ruhigere Stimmen. Diese Stimmen klingen näher. Nach und nach kommt er wieder zu Besinnung, schafft es die Stimmen zuzuordnen und die Sätze zu begreifen. Der Mannschaftsarzt kniet neben ihm und verschafft sich ein schnelles Bild vom Zustand seines Patienten.

„Aaden, alles klar? Hörst du mich? Kannst du reden?“, richtet der Mannschaftsarzt seine Worte an den am Boden liegenden Spieler.
„Alles klar Doc, ich kühl mich nur kurz ab. Kann gleich weitergehen ...“, proletet es im schwachen Flüsterton zurück.

\- - -

Gestützt von zwei Teamkameraden wird er vom Eis in Richtung der Umkleiden geführt. Wohlwollender Beifall erklingt von den Zuschauerrängen.

Ein Pfiff ertönt. Der Schiedsrichter will das Spiel wieder freigeben. Den Puck in der Hand steht er am linken Bullykreis der Defending-Zone[2] und winkt energisch in Richtung der Spielerbänke. Aus der Geste seiner freien Hand lässt sich entnehmen, dass beide Trainer fünf Spieler ihrer jeweiligen Mannschaft auf das Eis schicken sollen. Das Spiel wird fortgesetzt.

Auf den Zuschauerrängen der Gästemannschaft wird die Entscheidung des Schiedsrichters mit Empörung vernommen. Der harte Bandencheck scheint nicht geahndet zu werden. Die Fans der Gästemannschaft erhalten hierdurch nochmals Aufschwung ihren Unmut erneut kundzutun. „Raus die Sau!!", hallt es durch die Arena.

---

[2] Die Defending-Zone bezeichnet das eigene Drittel einer Mannschaft auf dem Eishockey-Spielfeld

Vorgeschichte

In der Eishockeyliga herrscht Spannung pur. Die Best-of-Seven-Finalserie[3] zwischen den *Fire Hawks* und den *Blizzards* hatte schon viele Überraschungen bereitgehalten. Nach einem fulminanten Start in die Serie konnten sich die Blizzards als Außenseiter grandios mit unerwarteten 3:0-Siegen durchsetzen und dem Gewinn des Meisterschaftspokals näherkommen. Der erste Titel des kleinen Traditionsvereins war zum Greifen nah. Es herrschte daher eine unglaubliche Euphorie bei dem Club, den Fans und der ganzen Stadt.

Der Luxuskader der favorisierten Fire Hawks machte es den Blizzards hierbei keinesfalls einfach. Alle Spiele waren an Spannung nicht zu überbieten und wurden auch jeweils mit nur einem Tor Unterschied gewonnen. Zweimal musste sogar die Overtime[4] herhalten, bis der Sieger ermittelt werden konnte.

---

[3] Bei „Best-of-Seven“ gewinnt die Mannschaft, die zuerst vier Spiele aus maximal sieben Spielen gewonnen hat

[4] Verlängerung im Eishockey

Bereits während der regulären Saison hatten viele Zahnräder richtig ineinandergegriffen. Polarisierende Spieler konnten auf Anhieb überzeugen und damit den Erfolg des Teams beflügeln.

Den Verantwortlichen für die Zusammenstellung des Mannschaftskaders um Headcoach[5] Tad Kingsley war es gelungen ein Team mit Gewinnermentalität zu formen. Neben den bekannten Gesichtern, wie dem Kanadier Aaden Ramsey, der die Blizzards schon in seine zweite Saison als Kapitän führte, dem variabel einsetzbaren skandinavischen Stürmer Odin Dagroll, welcher bereits seit fünf Jahren fester Bestandteil der Mannschaft ist, konnten auch einige Neuverpflichtungen direkt mit ihren Qualitäten überzeugen. So wurde die Offensive der Blizzards mit einem neuen Stürmer aus Übersee, Jaeson Ramp, nochmals aufgewertet. Der flinke Amerikaner benötigte keine lange Eingewöhnung in der neuen Liga. Vom ersten Spieltag an fand er den Weg zum Torgehäuse. Schnell besetzte er den Platz des Topscorers in seiner Mannschaft.

Mit großem Stolz blicken die Blizzards aber auch auf eines ihrer Eigengewächse. Der junge

---

[5] Cheftrainer

Stürmer Alex Knight stammt aus der eigenen Jugendabteilung und konnte sich dort durch herausragende Leistungen für den Profikader empfehlen. Zwar sind es für ihn die ersten Schritte im Profibereich, dennoch lässt er keine Zweifel aufkommen, dass er sich seinen Platz in der Mannschaft verdient hat. Headcoach Kingsley steckte viel Vertrauen in seinen jungen Schützling. Dafür wurde er auch belohnt. Durch harte Arbeit und unbändigen Willen konnte Alex Knight das Team schnell bereichern und sich selbst mehrfach mit Toren auf die Anzeigentafeln verschiedener Arenen befördern.

Eine funktionale Offensive bildet im Eishockey einen wichtigen Baustein für den Erfolg einer Mannschaft. Als Pendant zur Offensive ist jedoch auch eine stabile Defensive unabdingbar.
Voller Stolz verkündeten die Verantwortlichen vor der Saison die Verpflichtung des Toptorhüters Bailey Basen. Der pfeilschnelle Goalie[6] überzeugte viele Jahre mit seinen spektakulären Paraden und seiner sympathischen Art in den besten Ligen der Welt. Durch eine unglückliche Verletzung an der Schulter endete seine steile Karriere vor zwei Jahren jedoch abrupt. Nach mehreren Operationen kämpfte sich der 1,85

[6] Torhüter

Meter große Kanadier mit eisernem Willen zurück. Nun möchte er seine Chance bei den Blizzards ergreifen und beweisen, dass er weiterhin ein begnadeter Torhüter ist.
Bei seinem Vorhaben steht ihm unter anderem eine skandinavische Mauer zur Seite. Das schwedisch-finnische Verteidigerduo Ragna Rogen und Louie Toe ist ebenfalls neu zum Saisonbeginn zu den Blizzards gestoßen. Schon in der Vergangenheit standen sie gemeinsam auf dem Eis und sind daher ein eingespieltes Team. Ihre Spielweise zeichnet sich durch eine gesunde Härte aus. Diese bringen sie, sowie den ein oder anderen Gegner, mit viel Leidenschaft auf das gefrorene Spielfeld.

Die Blizzards hatten sich durch die Vorrunde und die Playoffs bis in die Finalserie gekämpft. Mit unbändigem Willen haben sie sich jedem Gegner in den Weg gestellt und sind dabei zum Schrecken für manchen Konkurrenten mutiert.

Nachdem der Pokal bereits zum Greifen nahe war, mussten die Blizzards aber gleich mehrere gewaltige Rückschläge einstecken.
Die favorisierten Fire Hawks fanden wieder in ihr dominantes Spiel zurück und damit auch zu ihrer alten Größe.

Schon die Vorrunde hatten sie klar dominiert und waren längst sieben Spieltage vor dem Beginn der Playoffs nicht mehr vom ersten Tabellenplatz zu verdrängen. Ganz davon abgesehen, dass sie auch auf ihren Hattrick hinsteuern und den dritten Meisterschaftsgewinn in Folge anvisieren.

Die Fire Hawks fanden im vierten Spiel zurück in ihr alt gewohntes und schnelles Eishockey. Die Schlägerfertigkeiten der talentierten Starspieler um die Stürmer Franklin Hanson, Cannon Belt und Talis Jarn ermöglichen der Mannschaft ein unglaublich schnelles Umschaltspiel. Gepaart mit den Skills im Umgang mit dem Puck und einer fast schon unverschämten Treffsicherheit bei Torschüssen aus den unmöglichsten Winkeln leiteten sie die große Wende ein. Stürmer Hanson gelangen dabei in diesen Spielen stolze zehn Scorerpunkte[7].
Auch die Defensive des hervorragend besetzten Kaders der Fire Hawks festigte sich zügig wieder. Stammspieler Oleg Vodkasky, der Torhüter und seine Vorderleute um die beiden großen Verteidiger Thore Thöben und Nikolas Marry festigten ihr Spiel ebenfalls. Wie ein unüberwindbares Bollwerk schirmten sie das

---

[7] Anzahl der geschossenen und vorbereiteten Tore

eigene Drittel und das darin befindliche Tor vor gegnerischen Angriffen ab.

Die Playoffspiele vier, fünf und sechs gingen allesamt klar an den amtierenden Meister. Damit konnten sie die Best-of-Seven-Serie wieder ausgleichen und ein finales siebtes Entscheidungsspiel heraufbeschwören.

Als Erster der Vorrunde steht den Fire Hawks das Heimrecht für das siebte – und alles entscheidende – Spiel zu. In eigener und ausverkaufter Halle soll nun, vor den Augen der Fans, der Sack zugemacht und der ersehnte Meisterschafts-Hattrick eingetütet werden.

Diesem Vorhaben wollen sich die Blizzards aber um jeden Preis in den Weg stellen.

Erstes Drittel

Gestützt von einem Betreuer und dem Mannschaftsarzt wird Aaden Ramsey durch die Katakomben der Eisarena geführt. Seine Arme liegen links und rechts auf den Schultern seiner Begleiter. Diese Schleifen ihn einen langen Gang entlang, bis die Tür zur Umkleidekabine mit der Aufschrift „Gastmannschaft“ erscheint.

Obwohl sie in den Katakomben abgeschieden vom Spielgeschehen sind, bleiben die Jubelgesänge der Fans im Stadion deutlich zu hören.

Die Betreuer setzen den Spieler auf eine Bank und verschaffen sich nochmals ein Bild seines Zustandes. Erfreut stellen sie fest, dass Aaden schon wieder klare Gedanken fassen kann. Mit leichten Bewegungen seiner Handgelenke schüttelt er die Hockeyhandschuhe ab. Mit einem dumpfen Aufschlag fallen diese auf den Boden. Mit den nun freien Händen öffnet er den Verschluss seines Helmes und legt ihn neben sich auf die freie Bank. Er atmet tief durch.

Anschließend stülpt er mit den Händen das Trikot über seinen Kopf. Dieses fällt ebenfalls zu Boden. Der massive Schulterschutz seiner Eishockeyausrüstung kommt zum Vorschein. Mit einem kräftigen Zug löst Aaden die Klettverschlüsse des Schulterschutzes auf Höhe seiner Brust und atmet erleichtert auf. Drei kräftige Atemzüge nimmt er, während er auf den mit Gummimatten versehenen Boden der Umkleidekabine starrt und darauf wartet, dass sein Kreislauf sich stabilisiert. Der Betreuer reicht ihm eine Trinkflasche. Gierig greift er nach der Flasche und setzt diese an seinen Mund. Mit einem kräftigen Druck seiner Hand auf den Plastikkörper der Trinkflasche schießt ein großer Schwall kühles Wasser in seinen Rachen. Anschließend hebt er die Flasche über seinen Kopf und spritzt sich das erfrischende Nass ins Gesicht. Allmählich beruhigt seine Atmung sich und der Körper scheint den Einschlag in der Bande wegzustecken.

Als Eishockeyprofi liegt in solchen Situationen grundsätzlich eine gewisse Routine. Ein körperbetontes Spiel gehört zu diesem Sport einfach dazu. Auf dem Spielfeld heißt es, die Körperspannung zu halten und sein Umfeld ständig im Blick zu haben. Es gilt das, was ihm heute passiert ist, zu verhindern. Die Tatsache, dass er leichtsinnig von einem Gegenspieler erwischt und mit einem harten Check unvorbereitet in die Spielfeldbande gehämmert wurde, ärgert ihn maßlos.

Aaden schaut an sich herab. Seine Eishockeyausrüstung scheint gut zu sitzen. Beginnend von den Schlittschuhen an seinen Füßen, stecken seine Beine in den Schienbeinschonern, welche von den blauen Stutzen mit dem Mannschaftslogo – einem Schneesturm in blauweißen Farbtönen – verdeckt werden. Von den Knien bis zur Hüfte reicht die Protektor-Hose. Sein Oberkörper ist von einem Schulterschutz umfasst. Um seine Ellenbogen schmiegen sich zwei weitere Schoner, welche er mithilfe von Klebetape nochmals extra vor dem Abrutschen gesichert hat.

Der Mannschaftsarzt registriert erfreut, dass Aaden ansprechbar und bei klarem Verstand ist. Eine weitere ärztliche Untersuchung ist aktuell nicht von Nöten.
„Kannst du weiterspielen?“, fragt er mit vorsichtiger Stimme.
„Ja Doc! Ich bin bereit. Lass uns die Party wieder aufmischen!“, schallt es zurück.

Plötzlich erhöht sich die Geräuschkulisse im Stadion. Euphorisch jubelnde Schreie hallen durch die Arena und bis in die Katakomben. Die Stimme des Stadionsprechers dröhnt aus den Lautsprecherboxen der Arena.
„Tor! Toor! Tooooooor!"
Das verheißt nichts Gutes. Scheint so als hätten die Fire Hawks die Führung in dieser Partie übernommen.

Nach einem letzten kräftigen Atemzug packt er die Klettverschlüsse seines Schulterschutzes und zieht diese wieder fest. Hektisch greift er nach seinem Trikot. Ungeschickt versucht er, es zu entwirren, um es wieder über seinen Kopf zu stülpen. Als ihm dies endlich gelingt, greift er nach seinem Helm, streift die halblangen Haare zurück, setzt ihn auf und verschließt ihn. Der Mannschaftsarzt reicht ihm lächelnd die Handschuhe und zwinkert ihm zu.
„Gut, dass du weiterspielen kannst. Wir könnten noch ein paar Tore gebrauchen!".

Dieses Mal marschiert Aaden mit schnellen großen Schritten durch die langen Gänge der Katakomben. Mit Schlittschuhen ist dies kein einfaches Unterfangen. Solange man sich auf

dem Eis befindet, ermöglichen einem die Schlittschuhe eine Geschwindigkeit und Wendigkeit wie es sie wohl kaum bei irgendeiner anderen Sportart gibt. Außerhalb des Eises fühlt man sich dagegen wie ein watschelnder Pinguin. Sein Wille lässt sich davon jedoch nicht bremsen. Voller Entschlossenheit marschiert er voran.
Die Gummiböden, welche dafür sorgen, dass die Schlittschuhkufen ihren scharfen Schliff nicht verlieren, quietschen unter seinen schnellen und kräftigen Schritten. Das helle Stadionlicht am Ende des Tunnels ist schon in Sichtweite. Am Eingang zu den Katakomben steht sein Eishockeyschläger. Dieser wurde wohl vom Schiedsrichter bei seinem Abtransport vom Eis gepickt. Angekommen greift er sofort nach seinem Schläger, umklammert ihn fest mit beiden Händen und tritt bis an die Bande des Spielfelds heran. Zielstrebig verschafft er sich einen Überblick über die aktuelle Spielsituation auf und neben dem Eis.

\- - -

Der Videowürfel zeigt die aktuelle Spielzeit mit 7 Minuten und 24 Sekunden an. Neben der Zeitanzeige prangt, wie zu erwarten, eine fette Eins unter dem Logo der Fire Hawks – einem

Falken mit flammenden Flügeln. Unter dem Logo der Blizzards steht hingegen eine Null. Die Geräuschkulisse ist gleichbleibend stabil. Weiterhin sind Trommelschläge und Sprechchöre von den Zuschauerrängen zu vernehmen. Gepaart werden diese mit dem Kratzen von Kufen, die über die Eisfläche schaben.

Auf den Zuschauerrängen sind zwei dominante Farben zu erkennen. Die Fans der Heimmannschaft sind in rote Trikots gehüllt. Markant ist der Falke mit flammenden Flügeln auf der Vorderseite der Trikots abgedruckt. Natürlich sind die Anhänger der Fire Hawks in ihrer Stadt und ihrer Eisarena in der klaren Überzahl. Wie eine rote Wand umgeben sie die gefrorene Spielfläche. Einen klaren Kontrast bildet dennoch der Gästefanblock. Auch dieser ist mit hunderten Anhängern der Blizzards prall gefüllt. Die mitgereisten Fans sind in blaue Farbtöne getaucht. Auf ihren Trikots wütet der Eissturm der den Namensschriftzug der Blizzards umgibt. Voller Inbrunst verschaffen sie sich lautstark Gehör in der riesigen Arena. Unterstützend sind beide Fanlager mit Trommlern und Fahnenschwenkern ausgestattet. Das Gesamtpaket der beiden rivalisierenden Fanlager beschert der Eisarena eine unglaubliche und einem Finalspiel würdige Kulisse.

- - -

Auf einmal werden die Sprechgesänge von euphorischen Rufen der heimischen Fans unterbrochen. Franklin Hanson, ein Stürmer der Fire Hawks konnte sich soeben des Pucks bemächtigen. Im eigenen Drittel schiebt er die schwarze Hartgummischeibe auf Höhe der blauen Linie von der Kelle eines Blizzards-Verteidigers, umkurvt diesen mit schnellen Schritten und macht sich auf in Richtung des gegnerischen Tores. Blizzards-Verteidiger Louie Toe gibt sich jedoch nicht geschlagen. Verärgert über seinen leichtsinnigen Fehler dreht er urplötzlich seinen Oberkörper um 90 Grad und schlägt dabei seine Kufen kräftig ins Eis. Der *Hockeystopp* bringt ihn ruckartig zum Stillstand. Abgeschabtes Eis spritzt unter seinen Kufen hervor.

Mit zwei schnellen übergesetzten Schritten nimmt er sofort wieder Geschwindigkeit auf und jagt dem gegnerischen Stürmer hinterher. Der Fire-Hawks-Stürmer hat rund zwei Meter Vorsprung, kein Gegenspieler versperrt ihm den Weg –

einzig der Goalie steht zwischen ihm und dem Tor.
Nach rund zwei Sekunden hat er die Mittellinie erreicht. In seinem Kopf spielen sich verschiedene Möglichkeiten ab, wie er das Tor anfahren und den Goalie am besten ausspielen könnte. Seine Gedanken scheinen ihn einen Moment zu lange von seinem Sprint abgelenkt zu haben. Blizzards Verteidiger Louie Toe hetzt ihm, angetrieben von den lautstarken Fans, hinterher und schafft es gerade noch rechtzeitig, ihn einzuholen. Als der Stürmer in das Drittel der Blizzards hineinfährt, rammt der Verteidiger ihn bereits hart in die Seite und drängt ihn nach außen.
Der Weg wird knapp, der Abschluss des Stürmers, der den Puck noch immer kontrolliert, könnte jeden Moment erfolgen. Wildentschlossen versucht Verteidiger Louie mit seinem Schläger an den Puck zu gelangen.

Klack

Louies Schläger schiebt sich vor den Schlittschuh des Stürmers. Dessen Schlittschuh hakt in der Schlägerschaufel ein. Ruckartig werden die Schlittschuhe gestoppt. Sein eigener Schwung zieht Franklin dabei gnadenlos nach vorne. Hart stürzt der Stürmer auf das Eis.

Das Eis bestätigt hierbei seine ihm zugesprochene Eigenschaft glatt zu sein. Die letzten Meter bis zum Tor überwindet Stürmer Franklin Hanson liegend auf Knie und Ellenbogen gestützt und befördert anstelle des Pucks sich selbst ins Tornetz. Dem Goalie gelingt es gerade noch, spektakulär zur Seite zu hechten, bevor der Stürmer ihn erreicht. Das Tor wird aus seiner Verankerung gerissen und knallt inklusive des Stürmers gegen die hintere Spielfeldbande.

Auf den Zuschauerrängen der Heimmannschaft entsteht sofort wilde Empörung. Laute Schreie hallen durch die Arena. Alle Blicke sind auf den Schiedsrichter gerichtet, dessen Entscheidung augenblicklich fällt. Er kreuzt die Arme über seinem Kopf und fährt auf die beiden Spieler zu. Die Zuschauer der Heimmannschaft nehmen dies wohlwollend zur Kenntnis. Es wird einen Penalty[8] geben. Die beiden Linesmen[9] eilen heran. Gemeinsam schieben Sie das Tor wieder an

---

[8] Penalty bezeichnet beim Eishockey eine Strafe für ein Foul welches kurz vor einem möglichen Torschuss erfolgt ist. Zur Ausführung des Penalty darf die gefoulte Mannschaft einen Spieler, beginnend am Mittelpunkt der Eisfläche, alleine auf den gegnerischen Goalie zufahren lassen

[9] Linienrichter

seinen angestammten Platz und heben es in die Verankerung auf dem Eis. Fire-Hawks-Stürmer Hanson steht ebenfalls wieder auf. Den Sturz scheint er schadlos abgefedert zu haben.

- - -

Die kurze Spielunterbrechung nutzt Aaden, um zur Mannschaftsbank zu gelangen. Schnell öffnet er die in die Spielfeldbande eingelassene Türe und gleitet über das Eis. Im Gästefanblock wird seine Rückkehr von den Anhängern der Blizzards freudig bemerkt. In Richtung Headcoach signalisiert er, dass er bereit ist, wieder am Spielgeschehen teilzunehmen. Tad Kingsley, der Headcoach der Blizzards, nimmt dies mit einem kurzen Nicken wohlwollend zur Kenntnis. Aaden steigt über die Bande der Spielerbank und setzt sich neben seine Teamkameraden.

Jaeson Ramp, einer seiner Sturmpartner aus der ersten der vier aufgestellten Sturmformationen der Blizzards zwinkert ihm freudig zu und fragt ihn lächelnd: „Na hast du die Auszeit genossen? Wir haben doch keine Zeit für solche Faxen. Lass dir nichts gefallen! Jetzt gilt es ein Spiel zu gewinnen!“

- - -

Auf dem Videowürfel blinkt die angehaltene Spielzeit bei 7 Minuten und 14 Sekunden.

Das Tor wurde auf dem Eis wieder fest verankert und von den Linesmen überprüft. Blizzards Goalie Bailey Basen kann seine Position zwischen den roten Pfosten wieder beziehen. Der Schiedsrichter legt die schwarze Hartgummischeibe auf den Bullypunkt der roten Mittellinie. Hanson, der Stürmer der Fire Hawks, steht bereits parat in ungeduldiger Erwartung seines Penaltys. Ein Pfiff ertönt. Der Schiedsrichter hat den Penalty freigegeben.

Nun heißt es Mann gegen Mann. Goalie gegen Spieler.
Hanson holt im eigenen Drittel Anlauf und steuert mit Schwung auf den mittleren Bullykreis zu, in dessen Mitte sich der flachliegende Puck befindet. Mit einer lässigen einarmigen Handbewegung des Schlägers nimmt der Stürmer den Puck auf.

Mit schnellen Bewegungen des Schlägers spielt er den Puck abwechselnd links und rechts an und treibt ihn so gezielt vor sich her in Richtung des

Torgehäuses. Dieses fährt er jedoch nicht stur gerade an, sondern schwenkt zu einem Linksbogen aus. Er will das Tor schräg anfahren und erhofft sich dadurch einen besseren Winkel für seinen Schuss zu ermöglichen. Noch rund sechs Meter stehen zwischen Stürmer und Goalie.

Goalie Basen ist derweil rund zwei Meter vor sein Tor gefahren. Mit seiner körperlichen Präsenz versucht er, sich so zwischen Stürmer und Tor zu platzieren, dass er keine klare Einschussmöglichkeit oder freie Ecke im Tor öffnet, welche der Stürmer mit einem präzisen Schuss anvisieren könnte. Mit dem herannahenden Stürmer verändert sich auch der Einschusswinkel, um das Tor zu schützen. Mit kleinen, aber schnellen Bewegungen seiner Schlittschuhe fährt der Torwart, passend zum Tempo des näherkommenden Stürmers, rückwärts in Richtung des Torgehäuses. Sein Körper steht unter hoher Anspannung. Stets bereit, ruckartig herunter zu hasten und mit seinen Beinschonern die Möglichkeit eines flachen Schusses zu verhindern. Aber genauso zeitgleich auch mit dem Oberkörper nach oben zu schnellen, um auch einen hohen Schuss mit der Schulter abzublocken oder die Scheibe mit

seinem Fanghandschuh zu erwischen und zu sichern. Hochkonzentriert beobachtet er den Stürmer, um dessen nächsten Spielzug zu erahnen. Innerhalb der nächsten Sekunden muss er eine Entscheidung fällen.
Wird der Stürmer ihm flach durch die Beine schießen? Oder visiert er eine der oberen Torecken an? Auf welche Art versucht er ihn auszutricksen?

Jede Faser im Körper des Goalies steht unter Strom. Für seine Entscheidung bleibt ihm nur noch der Bruchteil einer Sekunde.

Stürmer Franklin Hanson hat das Tor fast erreicht. Von seinem Linksbogen kommend, steuert er nun rund einen Meter vor der Torlinie schräg auf den Goalie zu. Sein Blick ist fest auf das Tor geheftet. Den Puck kontrolliert er mit seinem Schläger gekonnt. Mit schnellen Bewegungen seines Schlägers treibt er den Puck weiterhin in kleinen schnellen Bewegungen vor sich her. Konzentriert sucht er die Lücke zwischen Goalie und Tor.
Der Goalie scheint zu wissen, was er tut. Bislang hat sich noch kein günstiger Winkel und keine Lücke geöffnet, die einen sicheren Einschuss ermöglichen würde. Die Bewegungen des

Goalies haben ihm bislang jeden sicheren Torschuss verwehrt.
Die Zeit wird knapp, jetzt muss er eine Entscheidung fällen. In diesem Moment ist er bereits auf Höhe des linken Pfostens des Tores. Mit einer schnellen Bewegung täuscht er den flachen Schuss an, zieht jedoch direkt die Kelle seines Schlägers wieder zwischen Puck und Tor. Der Goalie reagiert wie zu erwarten. Pfeilschnell schießt er nach unten. Seine Beinschoner machen den unteren Teil des Tores dicht. Ein Durchkommen wäre hier undenkbar gewesen. Von links nach rechts fahrend schiebt Stürmer Hanson den Puck weiter voran und visiert die rechte Torhälfte an. Goalie Basen reckt sich ebenfalls blitzartig, um auch die andere Seite des Tores zuzumachen.
Mit einer gekonnten Bewegung drückt der Stürmer seine Schlägerkelle aufs Eis. Der Schläger biegt sich unter dem ausgeübten Druck leicht durch. Mit einer schnellen Drehbewegung seines Handgelenkes setzt er nun den Schuss ab. Zusammen mit der Wucht des Handgelenkschusses schnellt der gebogene Schläger wieder nach vorne und drückt den Puck kraftvoll von der Schlägerkelle ab. Der Puck rauscht in einem steilen Winkel nach oben in Richtung der Tormaschen.

Die Fanghand am linken Arm des Goalies schnellt im selben Moment wie eine angreifende Schlange nach oben. Die Szene erfolgt im Bruchteil einer Sekunde. Basen bleibt nichts anderes mehr übrig als sich voll und ganz auf sein Gefühl zu verlassen und zu erahnen, auf welcher Höhe sich der Puck befindet.

Ein dumpfer Knall ertönt. Ein schlagartiger Schmerz schießt durch die linke Hand des Goalies. Mit einer schnellen und doch eleganten Handbewegung seines linken Armes reißt er den Fanghandschuh nach unten und kippt mit dem ganzen Oberkörper nach vorne auf das Eis. Die Zuschauer benötigen einen Moment, um das Geschehene zu erfassen. Doch dann fällt der Groschen. Ein Raunen zieht durch die Arena. Goalie Basen hat es geschafft. Den Puck hält er sicher in seinem Handschuh verwahrt.

Auch der Schiedsrichter reißt seine beiden Arme horizontal auf Höhe der Schultern zur Seite: Kein Tor!

Durch die Zuschauerränge der Fire Hawks tönt ein lautes Stöhnen. Aus dem Gästefanblock der

Blizzards sind derweil dröhnende Jubelrufe zu vernehmen.
„Baaailey Baaasen“, stimmen die Anhänger der Blizzards begeistert an.

Basen hat es geschafft. Den Puck hat er im letzten Moment auf Höhe der Torlinie aus der Luft gepflückt, bevor dieser im Tornetz einschlagen konnte.

Mit einer lässigen Bewegung lässt der Goalie den Puck aus seiner Fanghand in die Luft fliegen und fängt diesen auf seinem Handrücken wieder auf. Der Schiedsrichter eilt herbei und nimmt den Puck an sich. Mit seiner freien Hand gestikuliert er in Richtung der Spielerbänke. Beide Teams schicken nun wieder fünf Spieler aufs Eis. Das Spiel wird fortgesetzt.

- - -

Zusammen mit seinen Sturmkameraden Jaeson Ramp und Alex Knight, sowie den beiden Verteidigern Ragna Rogen und Louie Toe gleitet Aaden auf den Bullykreis auf der Mittellinie zu. Seine Sturmpartner platzieren sich links und rechts an den Schnittstellen des Bullykreises mit der Mittellinie. Aaden Ramsey fährt in die Mitte

des Bullykreises hinein, wo sich der Schiedsrichter und der gegnerische Center[10] bereits positioniert haben. Die beiden Verteidiger bleiben leicht nach hinten versetzt zurück und legen ihre Schlägerkellen aufs Eis.
Der Schiedsrichter hakt provisorisch bei den beiden Centern nach, ob sie bereit sind. Von beiden erfolgt ein kurzes Nicken. Konzentriert stehen sie parat. Die Schlägerkellen sind mit festem Griff auf das Eis gepresst.
Ein leiser Pfiff ertönt, dann lässt der Schiedsrichter auf Höhe des Bullykreises den Puck aus seiner Hand fallen.

Die Spielzeit auf dem Videowürfel beginnt wieder zu laufen. 7 Minuten und 13 Sekunden, 7 Minuten und 12 Sekunden…

Blitzschnell schiebt Aaden Ramsey seinen Oberkörper nach vorne und senkt die Kelle seines Schlägers hinter den fallenden Puck. Als dieser auf dem Eis aufschlägt gelingt es ihm, den Puck nach hinten ins eigene Drittel zu den beiden Verteidigern zu schieben.
Reaktionsschnell schnappt sich einer der Verteidiger die herannahende schwarze Scheibe und fährt mit ihr ein paar Schritte rückwärts ins

---

[10] Mittelstürmer

eigene Drittel hinein. Den Kopf erhoben, späht Verteidiger Louie Toe die Laufwege seiner Teamkollegen aus.
Stürmer Jaeson Ramp hat nach dem Bully direkt Fahrt aufgenommen und ist in Richtung des Angriffsdrittels davongezogen. Kurz vor der blauen Linie schlägt er einen schnellen Haken und zieht entlang der Linie in Richtung Mitte des Spielfelds. Hierbei öffnet sich ein offener Passweg zwischen dem Puck führenden Verteidiger und ihm. Der Verteidiger erspäht Jaeson sofort. Im selben Moment schießt er den Puck zielgenau in Richtung des Stürmers. Der Puck hebt bei dem kräftigen Pass leicht vom Eis ab und fliegt in einem langen Bogen auf den Stürmer zu. Kurz vor dem Spieler landet der Puck wieder auf dem Grund und gleitet die letzten Meter rasend schnell über das Eis. Jaeson hat keine Schwierigkeiten den gut gespielten Pass anzunehmen. Mit der Rückhand stoppt er die herannahende Scheibe, um diese im nächsten Moment wieder kontrolliert mit seinem Schläger in Bewegung zu setzen.
Mit zwei schnell übersetzten Schritten fährt er als erster seiner Mannschaft in das gegnerische Drittel hinein. Auch die beiden anderen Stürmer sind nur wenige Meter hinter ihm und versuchen

sich freizulaufen, um eine Anspielmöglichkeit zu bieten.
Ein gegnerischer Verteidiger steuert bereits auf ihn zu. Den Schläger, mit dem er den Puck spielt, hält er daher nach links außen, um sich mit seinem Körper zwischen den Puck und den Verteidiger zu stellen. Den Puck weiterhin nach außen kontrolliert, fährt er an der Bande des gegnerischen Drittels entlang. Der Verteidiger traktiert ihn mit seinem Schläger und versucht, ihn unter Hinzunahme seines Körpers in die Bande zu drücken. Jaeson hält mit aller Kraft dagegen. Sein Körper steht unter voller Anspannung. Er passiert die Torlinie und fährt entlang der gebogenen Bande hinter das gegnerische Torgehäuse.

Der Goalie der Fire Hawks beobachtet die Szenerie genau. Als die Spieler hinter seinem Tor und damit aus seinem Blickwinkel verschwinden, geht er automatisch nach unten. Mit seinen Beinschonern schottet er den unteren Bereich des Tores ab. Seinen Körper hält er geschickt im Torgehäuse verdeckt, um zu verhindern, dass ihm der Puck dreist in den Rücken geschossen wird, von wo aus dieser ins Tor hineinrutschen könnte.

Jaeson ist bereits hinter dem Tor durchgefahren und kommt auf der anderen Spielfeldseite wieder zum Vorschein. Der Verteidiger der Hawks klebte die ganze Zeit wie eine Zecke an ihm dran, konnte seinen Gegenspieler aber nicht stoppen. Nun erhält der Verteidiger aber Unterstützung von einem Teamkameraden.
Gemeinsam drücken sie den gegnerischen Stürmer unsanft in die Bande.

Jaesons Einschlag wird von einem lauten Krachen begleitet. Durch den wuchtigen Einschlag wird die Bande in Vibrationen versetzt. Sie beginnt leicht nach vorn und wieder zurück zu schwingen. Die schnelle Fahrt und der Alleingang des Blizzard-Stürmers sind damit beendet.

Im letzten Moment, bevor Jaeson durch die Wucht des zweiten Verteidigers in die Bande knallt, schafft er es den Puck entlang der Bande zurück an die blaue Linie zu schieben. Die schwarze Hartgummischeibe gleitet elegant und mühelos entlang der Bande über das Eis.
An der blauen Linie wird der Puck schon vom Blizzard-Verteidiger Ragna Rogen freudig erwartet. Diesem gelingt es auch problemlos, die Scheibe zu stoppen, bevor diese aus dem Angriffsdrittel hinausrutschen kann. Der

Verteidiger beabsichtigt jedoch nicht die Scheibe lange zu halten. Bevor er von einem Gegenspieler erreicht wird, spielt er bereits einen schnellen kurzen Pass auf Aaden Ramsey. Der Puck flitzt über das Eis und knallt gegen die Schlägerkelle des herannahenden Stürmers. Mit einer geschickten Bewegung seines Schlägers umspielt Aaden einen gegnerischen Spieler und erhält dadurch freie Sicht auf das gegnerische Tor. Wild entschlossen steuert er auf den Goalie zu. Nur wenige Meter trennen ihn von seinem Ziel.

Der Goalie der Fire Hawks, Oleg Vodkasky, hat den Puck erfasst und fixiert diesen mit eisernem Blick. Er ist jederzeit bereit, das Vorhaben des Stürmers zu vereiteln. Mit seiner linken Hand drückt er seinen Eishockeyschläger fest auf das Eis. Die rechte Hand mit dem Fanghandschuh hält er erhoben vor seinem Körper, um einen etwaig herannahenden Puck pfeilschnell aus der Luft zu pflücken.

Aaden steuert unaufhaltsam auf das Tor zu. Mit seinem Schläger treibt er den Puck vor sich her. Der Puck zischt in kleinen Zickzack-Bewegungen über das Eis. Für eine Entscheidung, wie er den Puck im Tor unterbringen kann, bleiben ihm nur

noch wenige Sekunden. Mit einem tiefen Atemzug zieht er die kalte Luft auf dem Eis in seine Lunge. Den Kopf hält er dabei erhoben und studiert die Bewegung des Goalies. Die oberen Ecken des Tores sind kaum geöffnet. Der Schuss müsste perfekt platziert unter der Latte einschlagen, andernfalls besteht keine Chance auf einen Treffer.
Die unteren Ecken sind auch nicht vielversprechender. Die kurze Ecke ist durch den Goalie und seinen Schläger komplett dichtgemacht. Die lange Ecke hat einen schlechten Winkel. Hier wäre ein Schussversuch reine Glückssache und vom Glück ist er ja in letzter Zeit nicht unbedingt verfolgt …

Im Augenwinkel schweift sein Blick auf die andere Spielfeldseite. Es ist jedoch kein blaues Trikot in Sicht, welches er anspielen könnte. Den Goalie also mit einem schnellen Pass zu einem Mitspieler auszuspielen, der dann die Scheibe ins leere Tor einschieben kann, scheint keine Option zu sein.
Letzte Möglichkeit wäre ein *Five-hole*[11] Schussversuch durch die Beine des Goalies. Aber auch diese Variante ist riskant.

[11] Die Phrasen durch das Fünf-Loch werden verwendet, wenn ein Spieler ein Tor erzielt, indem er den Puck zwischen den Beinen des Torhüters ins Tor schießt. Quelle: https://en.wikipedia.org/wiki/Five-hole, Stand 15.01.2022

Nun ist instinktives Handeln gefragt. Sollte es dem Goalie gelingen, den Schuss zu parieren, gäbe es immer noch die Möglichkeit, dass dieser einen wuchtigen Schuss nicht direkt festhalten kann und diesen wieder nach vorne abprallen lassen muss. Dies könnte Aaden dann einen Rebound, also eine zweite Schusschance, eröffnen.
Diese Variante scheint ihm das größte Erfolgspotenzial zu haben. Den Goalie und Aaden trennen nur noch drei bis vier Meter. Der Stürmer zieht seine den Schläger umfassenden Arme nach hinten. Die Kelle des Schlägers ragt hinter ihm auf Höhe seines Kopfes. Der Puck gleitet mit seinem aufgebauten Schwung selbstständig vor ihm über das Eis. Unter Anspannung seines ganzen Oberkörpers reißt er den Schläger nach unten. Die Kelle setzt rund dreißig Zentimeter vor dem Puck auf dem Eis auf. Durch den Schwung der Bewegung und die Kraft, die der Stürmer auf seinen Schläger ausübt, biegt sich der Schaft des Schlägers kräftig nach hinten durch. Gleitend über das Eis nimmt der entstehende Druck auf den Schläger weiter zu. Der Schaft biegt sich weiter durch, bis die Kelle den Puck erreicht. Wenige Zentimeter schleift der Schläger den Puck weiter über das Eis, bevor

dieser wieder beginnt nach vorne weg zu steigen. Mit dem wegfallenden Druck, der auf dem Schaft des Schlägers haftete, wird dieser wieder aus seinem gebogenen Zustand in seine Ausgangsform katapultiert. Die hierbei entstehende Kraft entlädt sich schlagartig auf den Puck und schießt diesen mit erbarmungsloser Wucht nach vorne. Der Puck wird vom Eis gerissen und rast in einem rund dreißig Grad steilen Winkel, rasant steigend, auf den Goalie zu.

Als der Goalie die Ausholbewegung des gegnerischen Stürmers kommen sieht, knickt er schlagartig mit den Knien ein und presst seine breiten Beinschoner auf das Eis. Die freie Lücke zwischen seinen Beinen ist damit ruckartig verschlossen. Der mit über einhundert Stundenkilometern herannahende Puck ist nur als leichtes Flimmern in der Luft wahrzunehmen. Mit seinem Oberkörper und gestreckten Schultern versperrt der Goalie so viel Platz wie möglich im Torraum. Seine Schlägerhand dichtet ebenfalls das Tor ab, seine Fanghand ist geöffnet und steht unter Spannung. Bereit im richtigen Moment zuzugreifen. Das Geschoss, welches unerbittlich auf ihn zurast, bereit mit voller Kraft einzuschlagen, lässt ihn hierbei kalt.

Ein lauter Knall ertönt. Der Puck hat sein Ziel erreicht. Dieser schlägt jedoch nicht im Netz des Tores ein, sondern erwischt frontal die Maske des Goalies. Durch den mächtigen Einschlag drückt sich die Maske heftig ins Gesicht des Torhüters. Überfordert von dieser ruckartigen Wucht reißt es die metallenen Druckknöpfe, die die Maske auf dem Kopf des Goalies fixieren, aus ihrer Verankerung.
Der Goalie sackt durch den harten Einschlag leicht benommen nach vorne in Richtung des Eises. Die aufgesprungene Maske rutscht hierbei vollends vom Gesicht des Goalies ab und landet mit einem weiteren dumpfen Knall auf dem Eis.

Der Puck selbst ist nach seinem Einschlag auf der Maske wieder zurückgeprallt und trudelt wenige Zentimeter vor dem Goalie. Aaden ist nach seinem Schlagschuss weiter auf das Torgehäuse zugehalten. Den abgeprallten Puck erblickt er in Sekundenschnelle. Mit seinem Schläger nimmt er den Puck sofort wieder auf, fährt eine steile Kurve, um parallel zum Tor zu stehen, und schiebt den Puck gekonnt knapp am rechten Torpfosten in die Maschen.

Die Geräuschkulisse aus dem Gästeblock schwillt schlagartig an. Freudenschreie hallen durch die Arena.

Aber was ist das …? Der Schiedsrichter reist energisch seine Hände nach oben und streckt sie vehement zur Seite. Kein Tor! Als der Goalie die Maske verlor, wurde das Spiel direkt abgepfiffen. Der Pfiff musste in den energischen Ausrufen der Fans untergegangen sein.

Die Freude des Gästeblockes wandelt sich ruckartig in große Empörung. Wilde Schreie und Rufe hallen durch das Stadion.

Die Unterbrechung des Spiels hält an. Goalie Oleg Vodkasky kommt langsam, aber sicher wieder auf die Beine. Wieder stehend greift er nach seiner Wasserflasche, die in einer kleinen Tasche am Torgestänge befestigt ist. Erst nimmt er einen Schluck und kippt sich dann einen weiteren Schwall Wasser über das Gesicht. Der Schiedsrichter steht neben ihm und hält ihm die Maske entgegen. Nachdem er sich versichern konnte, dass der Goalie weiterspielen kann, überreicht er diesem die Maske. Anschließend dreht er sich um und zeigt mit der rechten Hand auf den linken Bullykreis des Drittels. Das Spiel soll nach der Unterbrechung direkt fortgeführt werden. Vodkasky zieht die Maske wieder über seinen Kopf. Mit seinem Schläger klatscht er gegen die beiden Pfosten seines Tores. Dann schiebt er mit den Kufen seiner Schlittschuhe und seinem Schläger noch etwas Eis beiseite. Nach seinem kleinen Ritual ist er wieder bereit und fokussiert sich auf das Spiel.

Die Coaches der beiden Mannschaften schicken derweil ihre nächste Spielerformation auf das Eis. Der Schiedsrichter steht bereits mit dem Puck in der Hand am Bullypunkt parat. Die Teams nehmen ihre Aufstellung ein und die Center fahren zum Bullypunkt. Der Puck fällt.
Die Uhr auf dem Videowürfel beginnt wieder zu laufen.

Den Teams ist die Anspannung anzusehen. Sie können sich jetzt keine Fehler mehr erlauben. Die Defensive steht auf beiden Seiten im Vordergrund. Die nächsten Minuten vergehen ohne klare Torchancen. In kurzen Intervallen wechseln die Mannschaften ihre Spielerreihen durch. Alle verfolgen dabei stets den ständig wechselnden Weg des Spielgerätes. Der Puck findet nun eine Kelle und rauscht über den Kopf von Goalie Vodkasky. Bei einem abgefälschten

Schuss im Drittel der Fire Hawks, landet der Puck im Fangnetz. Es folgt die nächste Unterbrechung.

Die Spielzeit auf dem Videowürfel prangt zwischenzeitlich bei 3 Minuten und 49 Sekunden. Die Teams tauschen wieder ihre Spielerformationen. Dann fällt wieder der Puck.

Die Schläger der beiden Center zischen schlagartig nach unten und haschen nach dem fallenden Puck. Zeitgleich drücken ihre Oberkörper nach vorne, um den Puck besser abzuschirmen.
Das Momentum liegt auf Seiten der Blizzards. Mit ungemeinem Geschick bringt Center Aadon es zustande, den Puck durch seine Beine nach hinten zu seinen Mitspielern zu schieben.

Ragna Rogen sieht den Puck auf sich zugleiten. Problemlos kann er den Puck mit seinem Schläger annehmen. Den Kopf gehoben checkt er die Laufwege seiner Mitspieler, welche sich im Angriffsdrittel verteilen. Auch den herannahenden Spieler der Fire Hawks hat er fest im Blick. Bevor sein Gegner ihn erreicht, schiebt er die schwarze Hartgummischeibe entlang der blauen Linie zum zweiten Verteidiger der Blizzards. Dieser wartet

nicht lange ab, sondern leitet den Puck direkt weiter an einen geeigneten Stürmer.
Aaden befindet sich auf Höhe der Torlinie. Den herannahenden Puck nimmt er an und bewegt sich zwei schnelle Schritte zurück. Aufmerksam scannt er die vor ihm befindlichen Mit- und Gegenspieler. Ein guter Pass auf einen Mitspieler aus dieser Position könnte die perfekte Torchance kreieren. Eifrig bewegt er die Scheibe mit seinem Schläger. Die Spieler der Fire Hawks decken mögliche Anspielstationen seines Teams geschickt ab. Noch lässt sich keine freie Schlägerkelle erkennen. Ein Spieler der Fire Hawks bewegt sich nun auf ihn zu. Der Stürmer lässt sich nicht irritieren. Kurz bevor sein Gegenspieler ihn erreicht, macht er einen schnellen Schritt zur Seite. Um den Puck sicher abzuschotten, dreht er sich in seiner Bewegung um 360 Grad. Lediglich die Schulter des Gegenspielers knallt hierbei gegen seinen Rücken. Diesem leichten Einschlag kann er problemlos standhalten. Seinen Gegner ließ er damit gekonnt ins Leere laufen. Ein energisches Klackern dringt an sein Ohr. Jaeson Ramp hat sich auf Höhe der blauen Linie freigelaufen und fordert den Puck mit leichtem Klopfen seines Schlägers auf das Eis.

Der Passweg zwischen den beiden Spielern ist offen. Aaden schaltet sofort und erfüllt seinem Teamkameraden gerne seinen Wunsch.
Er spielt einen schnellen Pass. Der Puck rauscht über das Eis. Jaeson ist gut positioniert. Er reißt seine Hände mit dem Schläger nach oben und holt zum Schlagschuss aus. Die kommende Scheibe erwischt er perfekt. Der herannahende Puck und die Kelle des Schlägers treffen auf dem Eis aufeinander. Mit einem abrupten Richtungswechsel schickt er den Puck auf die Reise. Der wuchtige Schuss hebt die schwarze Hartgummischeibe vom Eis. Diese bahnt sich in rasendem Tempo den Weg in Richtung des gegnerischen Tores.

Die anwesenden Spieler auf dem Feld pariert die schwarze Scheibe kinderleicht. Wie ein Falke im Sturzflug rauscht sie einfach an ihnen vorbei.
Goalie Vodkasky sieht die Scheibe gerade noch rechtzeitig kommen. Mit seiner linken Fanghand versucht er, den Puck aus der Luft zu fischen. Den Schuss scheint er jedoch falsch eingeschätzt zu haben.

Der Puck rauscht über die Fanghand des Goalies hinweg und schlägt knapp unter der Kreuzecke des Tores in den Netzmaschen ein.

Die rechte Hand des Schiedsrichters schießt nach vorn. Mit ausgestreckten Fingern zeigt er auf das Tor der Fire Hawks.

Der Gästefanblock steht Kopf. Begleitet von hochgerissenen Armen fliegt ein Bierschwall über den Fanblock. Aber auch begossen hallt der Jubel weiter durch die Arena.
Mit der linken Hand führt der Schiedsrichter seine Pfeife zum Mund. Ein heller Pfiff ertönt. Das Tor wird gegeben.
Auch die Feldspieler der Blizzards sind euphorisiert. Freudig fahren sie auf den Torschützen zu. Mit kräftigen Umarmungen bejubeln sie Jaesons perfekten Schuss.

Auf dem Weg zur Spielerbank wird Jaeson mit erhobener Hand von seinen Teamkameraden beglückwünscht. Einmal entlang der Bank klatscht er mit seiner Faust die Handschuhe seiner Kameraden ab.
Am Ende der Spielerbank angekommen bremst er lässig ab, indem er die Kufe seines Schlittschuhes quer auf das Eis drückt. Anschließend steigt er vom Eis auf die Spielerbank. Freudig lässt er sich auf die Sitzbank fallen und greift nach seiner

Wasserflasche. Stolz und mit einem breiten Grinsen im Gesicht nimmt er einen großen Schluck.

Die restliche Spielzeit auf dem Videowürfel zeigt 2 Minuten und 17 Sekunden. Darüber prangt auf dem Videowürfel nun unter den beiden Mannschaftslogos der Spielstand 1:1 – es steht unentschieden.

In kurzem und sachlichem Ton werden vom Stadionsprecher das gegnerische Tor und die beteiligten Spieler bekannt gegeben:
„Auf Vorlage von Aaden Ramsey war der Torschütze für die Blizzards Jaeson Ramp. Der neue Spielstand beträgt 1:1."

Nach der kurzen Unterbrechung ist der Schiedsrichter schon wieder auf dem Weg zur Mittellinie. Ein Pfiff seiner Pfeife ertönt. Beide Teams schicken ihre nächste Spielerformation aufs Eis. Der Puck fällt. Schläger knallen aufeinander und die schwarze Hartgummischeibe rauscht in Richtung der Spieler der Fire Hawks. Der erste Verteidiger, Nikolas Marry, nimmt die Scheibe mit seinem Schläger auf, während er ein paar kleine Schritte zurückfährt. Mit erhobenem Kopf scannt er das Feld und die Laufwege seiner

Mitspieler. Dann entdeckt er eine passende Anspielstation. Mit einem schnellen Schuss aus dem Handgelenk zischt die Scheibe über das Eis. Ein Stürmer der Fire Hawks versucht, den Puck aufzunehmen und damit in Richtung Angriffsdrittel zu ziehen. Im selben Moment wird er jedoch gestört. Odin Dagroll, ein Stürmer der Blizzards, bringt seinen Schläger dazwischen und schiebt die Scheibe wieder nach vorn. Aber auch in die andere Richtung zeigt sich kein anderes Bild. Auch die Fire Hawks stehen defensiv richtig gut und verteidigen ihr Drittel gekonnt. Den Blizzards gelingt es nicht, das Momentum ihres späten Ausgleichs für sich zu nutzen und in weiteres Zählbares umzumünzen. Klare Chancen wollen auf beiden Seiten gerade nicht mehr gelingen.

Schon erfolgt vom Stadionsprecher die Durchsage, dass die letzte Minute des ersten Drittels begonnen hat. Die Uhr auf dem Videowürfel läuft weiter zügig herunter.

59 Sekunden, 58 Sekunden, 57 Sekunden…

Auf beiden Seiten geht es hin und her. Die konkurrierenden Mannschaften hadern an einem vernünftigen Spielaufbau. Keiner der beiden will vor der Pausensirene das Risiko eingehen, einen Konter zu kassieren und mit einem Rückstand in die Pause gehen zu müssen.

Gerade rauscht der Puck entlang der Bande ins Defensiv-Drittel der Blizzards hinein. Verteidiger Louie Toe schnappt sich den Puck mit dem Ziel, diesen schnellstmöglich wieder aus der eigenen Zone herauszubekommen. Mit erhobenem Kopf prüft er die Positionen und Laufwege seiner Mitspieler.
Sein Blick bleibt an Stürmer Odin Dagroll haften. Der Stürmer hat sich auf Höhe der Mittellinie zur Seite orientiert, Fahrt aufgenommen und rauscht jetzt in Richtung Mittelkreis. Die Schlägerkelle fordernd vor sich auf das Eis gedrückt, klopft er mit schneller Bewegung gegen die Eisdecke.
Der puckführende Verteidiger erkennt das Manöver sofort. Der Passweg ist offen.

Louie zögert keine Sekunde und schickt die Scheibe auf den Weg. Das Tempo des Stürmers und dessen Fahrtweg kalkuliert er bei seinem Pass mit ein, um den Puck nicht direkt auf Stürmer Odin zu spielen, sondern dorthin wo dieser in rund einer Sekunde sein wird. Ärgerlicherweise misslingt der Versuch. Der Pass ist zu schnell und der Puck zischt rund einen halben Meter vor Odins Kelle an ihm vorbei. Der Puck knallt gegen die Seitenbande des Spielfeldes. Aufgrund seines spitzen Winkels rauscht er weiter entlang der Bande ins Drittel der Fire Hawks hinein. Keiner der Spieler schafft es, den Puck rechtzeitig zu stoppen. Erst hinter dem Torgehäuse der Fire Hawks wird seine Reise von Goalie Vodkasky gestoppt. Dieser ist hinter sein Tor geeilt und hat die Kelle seines Schlägers vor den Puck gebracht.

Da ertönt jedoch schon ein Pfiff. Der Schiedsrichter legt seine Unterarme aufeinander und zeigt anschließend auf einen Bullypunkt im Defensivdrittel der Blizzards. Da die Scheibe ohne weitere Berührung aus dem Drittel der Blizzards gespielt wurde, liegt ein unerlaubter Weitschuss vor. Die Entscheidung des Offiziellen lautet daher auf Icing. Es wird ein Bully im Drittel der Blizzards geben.

Auf dem Videowürfel stoppte die restliche Spielzeit des ersten Drittels bei 22 Sekunden.

Die Fire Hawks schicken nochmals ihre Top Angriffsformation um die Stürmer Franklin Hanson, Cannon Belt und Thalis Jarn aufs Eis. Den Blizzards ist aufgrund des produzierten Icing kein Spielerwechsel erlaubt. Für die Spieler auf dem Eis heißt es, nochmals tief durchzuatmen und die Situation schnell zu entschärfen.

Der Schiedsrichter steht bereit zum Bully. Die Mannschaften nehmen ihre Positionen ein. Der Puck fällt. Beide Center reißen ihre Schläger nach vorne und versuchen, den Puck zu sichern. Wieder haben die Fire Hawks beim Anspiel die Nase vorn. Der Puck rauscht durch die Füße des Centers in Richtung der Verteidiger. Verteidiger Thore Thöben schnappt sich die Scheibe, während er rückwärts zur blauen Linie fährt. Seine Mitspieler haben das gewonnene Anspiel sofort registriert und ihre Positionen im Angriffsdrittel eingenommen. Center Hanson positioniert sich hierbei vor Blizzards-Goalie Bailey und raubt diesem die Sicht auf das Spielgeschehen und den Puck.
Der puckführende Verteidiger bewegt sich angestrengt entlang der blauen Linie. Noch hat er keine ideale Anspielstation ausgemacht. Die herablaufende Spielzeit hat er dabei stets im Hinterkopf.

Die Rufe in der Halle werden lauter. Die Heimfans des vollgefüllten Stadions blicken abwechselnd auf das Spielgeschehen und die herablaufende Zeit auf dem Videowürfel. Mit lauten Schreien fordern sie, Thore auf den Abschluss zu suchen.

Die Spielzeit läuft gnadenlos herunter. Acht Sekunden, sieben Sekunden, sechs Sekunden, fünf Sekunden …

Der Verteidiger fasst sich ein Herz. Er reißt seinen Schläger nach oben, nimmt Schwung und hämmert die Scheibe mit einem gewaltigen Schlagschuss in Richtung des gegnerischen Tores. Der Puck löst sich direkt vom Eis und rauscht auf das rote Torgehäuse zu.
Stürmer Hanson ist es gelungen, seine Position vor dem gegnerischen Tor zu behaupten. Er sieht die Scheibe auf sich zu rasen. Im richtigen Moment glückt es ihm, die Kelle seines Schlägers in die Flugbahn des Spielgerätes zu bringen. Der Puck trifft auf die Kelle und rauscht entlang deren Wölbung. Durch die Wölbung der Kelle ändert der Puck sofort seine Richtung und wird schräg sinkend abgefälscht.
Es kommt, wie es kommen muss. Goalie Basen ist machtlos. Zum einen war ihm die Sicht auf das Spielgeschehen versperrt und zum anderen lässt sich die abgefälschte Scheibe nicht mehr kontrollieren. Der Puck rauscht zwischen Arm

und Schläger des Goalies hindurch und schlägt in den weißen Maschen des Tornetzes ein.

Die Geräuschkulisse im Stadion explodiert. Während der Schiedsrichter den Arm nach vorne reist, grölen die Fans der Heimmannschaft euphorisiert durcheinander. Vier Sekunden vor Drittelende die erneute Führung.
Durch die jubelnden Rufe hallt erneut die Stimme des Stadionsprechers durch die Arena: „Tor, Tooor, Tooooooor!! Tor durch unsere Nummer 34 Frankliiiiiiin…“
„Hanson!“, schallt es im Chor von den Rängen zurück.
„Unsere Fire Hawks übernehmen wieder die Führung. Damit der neue Spielstand 2:1“, fährt der Stadionsprecher mit seinen Erläuterungen fort.

Während die Anhänger der Fire Hawks begeistert in ihre Fangesänge einsteigen, hämmert Tad Kingsley, der Coach der Blizzards, verärgert sein Taktikbrett auf den Boden. Wie frustrierend es doch ist, so kurz vor Drittelende wieder in Rückstand zu geraten.

Der Jubel auf der einen und der Ärger auf der anderen Seite werden vom Schiedsrichter

ignoriert. Die formalen Spieleransagen zum Torschützen und den Assistgebern hat er bereits durchgegeben. Das Drittel ist noch nicht beendet. Vier Sekunden gilt es noch zu spielen. Den Puck in die Luft gestreckt steht er am Mittelbullykreis parat und fordert die beiden Mannschaften auf, ihre Spieler zum Anspiel zu schicken.
Kurze Zeit später fällt erneut der Puck. Dieses Mal ist der Center der Blizzards schneller und chippt die Scheibe gekonnt zu seinen Mitspielern. Drei Sekunden, zwei Sekunden ...

Nutzen hat dieser Erfolg jedoch nicht mehr. Der puckführende Verteidiger versucht zwar noch, einen schnellen Aufbaubass nach vorne, doch die Spielzeit läuft zu schnell ab.

Bevor die Blizzards nochmals gefährlich vor das von Goalie Vodkasky geschützte Tor kommen können, kündigt die Sirene mit einem lauten tröten das Ende des ersten Drittels an.

Ein letztes Mal hört man den Stadionsprecher durch die Arena hallen. „Ende erstes Drittel! Unsere Fire Hawks führen mit 2:1! Torschützen der Fire Hawks waren Cannon Belt und Franklin Hanson. In knapp zwanzig Minuten gehen wir ins zweite Drittel.“

- - -

Während die beiden Mannschaften in Richtung der Katakomben zu den Spielerkabinen über das Eis gleiten, macht sich am Rande des Spielfelds bereits der Eismeister daran das große Tor für die Eismaschine zu öffnen. Sein Job ist es nun die Drittelpause zu nutzen, um das abgefahrene Eis für das anstehende zweite Drittel wieder aufzubereiten.

Auch auf den Zuschauerrängen entsteht währenddessen Bewegung. Viele Fans zieht es zu den Kiosken im Umlauf der Arena. Für das anstehende zweite Drittel sollen die leeren Getränkebecher wieder aufgefüllt werden.

Die Spieler der Blizzards schreiten den Gang der Katakomben zu Ihrer Kabine entlang. Als sie ihr Ziel erreichen, lassen sie sich frustriert auf ihre Bänke fallen. Handschuhe fliegen auf den Boden. Helme werden abgesetzt.

Nach wenigen Minuten betritt auch der Head Coach die Kabine. Trotz des bestehenden Frustes über den späten Ausgleich spricht er mit klarer und fokussierter Stimme zu seinem Team.

Die Schwachstellen der eigenen Leistung im ersten Drittel werden zusammen mit den Coaching-Assistenten im Schnelldurchlauf analysiert, genauso die der Gegner. Die Spieler erhalten klare Anweisungen für das zweite Drittel.

Eine kurze Pause entsteht. Coach Kingsley atmet tief durch. Dann wendet er sich wieder an seine Spieler:

„Wir haben noch vierzig Minuten vor uns.
Wir liegen nur ein Tor zurück.
Was ist schon ein Tor beim Eishockey!?
Ich habe einen Traum vor Augen.
Ihr habt einen Traum vor Augen.
Wir werden uns heute unseren Traum von niemandem zerstören lassen!

Zeigt wozu ihr in der Lage seid.
Es zieht ein Unwetter auf.
Zeigt den Fire Hawks, dass ein Sturm bevorsteht!
Es zieht ein Eissturm auf.
Ihr Feuer wird heute erlöschen.

Ein Blizzard bläst jetzt durch das Stadion.
Jetzt fegen die Blizzards durch das Stadion!!
Wir sind die Naturgewalt!!“

Lautes Gebrüll hallt durch die Umkleidekabine. Die Spieler schlagen gegen die Wände und das spärliche Mobiliar.
Trotz des Frustes des späten Gegentreffers im ersten Drittel scheint der Head Coach die Emotionen und den Kampfgeist seines Teams erreicht zu haben. Wohlwollend nimmt er die Reaktionen zur Kenntnis. Ohne weitere Worte dreht er sich um und marschiert aus der Kabine.

Brennend darauf wieder auf das Eis zu gelangen, ziehen sich die Spieler ihre in Teilen abgelegte Ausrüstung wieder an. Die ersten Spieler erheben sich voller Tatendrang von ihren Sitzbänken und folgen ihrem Head Coach in die Katakomben.
Auch Aaden steht auf. Mit einem Handtuch wischt er sich grob den Schweiß aus dem Gesicht. Andächtig streift er seine halblangen Haare zurück und setzt sich den blauen Helm auf den Kopf.
Bereits in Bewegung schlägt er seinem Sturmpartner Jaeson bekräftigend auf die Schulter. Dann schreitet die Mannschaft geballt die Gänge der Katakomben entlang, auf dem Weg zurück in die Arena.

Zweites Drittel

Auf der großen Uhr des Videowürfels läuft die Zeit der Pausenanzeige herunter. Zwei Minuten und dreißig Sekunden, zwei Minuten und neunundzwanzig Sekunden …

Die Mannschaften kommen aus den Tunnels der Katakomben zurück aufs Eis. Aadens Blick streift durch die Arena, während er über die kleine Stufe an der Bandentüre steigt und seinen rechten Schlittschuh auf das frisch aufbereitete Eis setzt. Der zweite Schlittschuh folgt. Mit einem leichten Anschub seiner Schlittschuhe gleitet er über die Eisfläche. Seinen Schläger zieht er locker hinter sich her.

Die Arena ist kurz vor dem Ende der Pause bereits wieder kräftig gefüllt. Die Anhänger der beiden Mannschaften haben ihre Plätze wieder eingenommen und beobachten die Rückkehr der Mannschaften auf der gefrorenen Spielfläche.

Die Spieler fahren in Richtung ihrer Spielerbank. Die erste Reihe bleibt auf dem Eis. Die restlichen Spieler nehmen auf den Spielerbänken Platz.

Aaden gleitet in kleinen Kreisen über das Eis. Mit tiefen Atemzügen nimmt er die fesselnde Kälte des Eises in sich auf. Euphorisiert streift sein Blick durch das Stadion. Diese unglaubliche Stimmung und einzigartige Atmosphäre einer Eisarena entzünden sein Herz. Pulsierend pumpt dieses Blut durch seine Venen. Ein Kribbeln der Leidenschaft durchzieht seinen Körper. Das geilste Gefühl der Welt macht sich in ihm breit: *It`s time to play*!

Der Schiedsrichter steht bereits am Bullypunkt parat, um das Spiel pünktlich zu eröffnen. Die Mannschaften machen sich bereit und begeben sich in ihre Aufstellung. Die Center der beiden Mannschaften gleiten auf die Mittelfeldlinie und den dortigen Bullykreis zu. Der Blick des Schiedsrichters wandert zum Videowürfel. Die letzten Sekunden der Drittelpause laufen herunter. Über der Zeitanzeige stechen die beiden Zahlen 2:1 ins Auge, welche den Spielstand aus dem ersten Drittel wiedergeben.

Aaden bleibt kurz vor dem Bullykreis stehen. Seinen Oberkörper beugt er nach vorne und drückt die Kufen seiner Schlittschuhe kräftig ins Eis. Mit seinem Hockeyschläger stützt er seinen Oberkörper lässig auf seinen Knien ab.

Durch das Stadion klingt der trötende Ton der Sirene. Die Drittelpause ist beendet. Der Schiedsrichter hebt den Arm. Er ist bereit, das zweite Drittel zu eröffnen. Nachdem er sich nochmal überzeugt hat, dass alle Spieler bereit sind, beugt er sich nach vorne und präsentiert den beiden Centern in seiner rechten Hand das schwarze Gummi-Spielgerät.
Konzentriert fixieren die Center den Puck. Aaden hebt den Schläger von seinen Knien und presst die Kelle des Schlägers aufs Eis.

Auf den Zuschauerrängen der Arena erklingen wieder die ersten Trommelschläge. Die Geräuschkulisse steigt ruckartig an.

Der Schiedsrichter öffnet die Hand. Der Puck fällt und wieder einmal heißt es *let's play hockey.*
Die Schläger der Center rauschen nach vorne. Auf Höhe der Mittelfeldlinie krachen diese aufeinander. Aaden bringt mehr Druck hinter seine Kelle und schiebt den Schläger seines

Gegenspielers zurück. Der gewonnene Platz reicht aus, um die Kelle hinter die schwarze Hartgummischeibe zu bekommen und diese nach hinten, in Richtung seiner Mitspieler, zu befördern.

Auf dem Spielfeld entsteht sofort Bewegung. Der Puck wird von Ragna Rogen, dem Verteidiger der Blizzards, aufgenommen. Mit leichten Bewegungen seiner Schlittschuhe fährt dieser rückwärts weiter ins eigene Drittel hinein und scannt die Laufwege seiner Mitspieler. Noch tut sich kein geeigneter Passweg auf. Der Verteidiger fährt mit einer geschmeidigen Bewegung in einer leichten Kurve hinter das eigene Tor. Angekommen drückt er die Kufe seines Schlittschuhes ins Eis. Ruckartig kommt er zum Stillstand.

Blizzards Goalie Bailey drückt vorsorglich seine Beinschoner aufs Eis und senkt den Schläger nach unten.

Seine Mitspieler bleiben in Bewegung. Orientiert am puckführenden Verteidiger sind diese mit nach hinten gerückt und fahren nun einen Bogen entlang der Bande. Anschließend ziehen die aktiven Blizzard-Spieler in Richtung des

Spielfeldes und drücken ihre Kellen aufs Eis um dem Verteidiger eine Anspielstation zu bieten. In ihrem gewohnten System wollen sie ihren Spielzug aufbauen.

Bevor er von einem Gegenspieler gestört werden kann, fährt der Verteidiger um das Tor herum und beschleunigt blitzschnell mit ein paar kleinen Schritten seiner Schlittschuhe. Und da ist sie. Die gesuchte Anspielstation ist entdeckt. Jaeson Ramp ist einen Bogen gefahren und konnte sich freilaufen. Energisch präsentiert er jetzt kurz vor dem Angriffsdrittel seine anspielbare Schlägerkelle.

Ragna nutzt die Gelegenheit. Mit einer schnellen Bewegung schiebt er den Puck über das Eis. Die schwarze Gummischeibe zischt mit voller Geschwindigkeit über den glatten Untergrund. Nur einen kurzen Moment später knallt sie mit einem lauten *Klonk* gegen die Schlägerkelle.
Jaeson kann den Puck problemlos kontrollieren. Energisch sucht er sich seinen Weg in Richtung gegnerisches Tor.

Doch da passiert es bereits. Thore Thöben, der hünenhafte Verteidiger der Fire Hawks, erreicht ihn. Gnadenlos rammt der Hüne ihm seinen

Ellbogen gegen den Kopf. *Wumms!* Von der Wucht des Kopfchecks überrascht reißt es den Stürmer von den Beinen. Unsanft schlägt er auf dem harten kalten Untergrund auf.

Dem Schiedsrichter ist die Szene nicht entgangen. Sofort reißt er den Arm nach oben und deutet mit der Hand seines zweiten Armes auf den hünenhaften Verteidiger. Das Strafmaß lautet unerlaubter Check gegen den Kopf.

Auch Aaden Ramsey hat das Szenario mitverfolgt. Die Situation erscheint ihm wie ein Déjà-vu an den Check, welchen er im ersten Drittel vom gleichen Gegenspieler einstecken musste. Wutentbrannt fährt er auf den Verteidiger der Fire Hawks zu. Beim Spieler angekommen schiebt er ihn unsanft von seinem am Boden liegenden Sturmpartner weg und brüllt ihm seinen Frust entgegen. Voller Verachtung fixiert er den Hünen. Einschüchtern lässt sich der Verteidiger der Fire Hawks jedoch nicht. Mit dem Schaft seines Schlägers in beiden Händen stößt dieser nun Aaden unsanft nach hinten. Dumpf knallt der Schläger gegen seine Brust. Es reicht. Aadens Geduldsfaden ist gerissen. Es muss ein Zeichen gesetzt werden. Er öffnet die Hand und lässt seinen Eishockeyschläger fallen. Der Schläger

knallt dumpf auf das Eis. Im nächsten Moment schüttelt er energisch seine Hände nach oben und wieder zurück. Der Schwung reißt ihm die Hockeyhandschuhe von den Händen. Diese fallen herunter und gleiten seitlich über das Eis hinweg. Der Stürmer hebt die Arme. Die Hände sind zu Fäusten geballt.
Der Spieler der Fire Hawks hat die Herausforderung sofort verstanden und auch gerne akzeptiert. Zeitgleich hat auch er sich seiner Handschuhe entledigt und die zu Fäusten geballten Hände erhoben.

Diesmal sind sich die Anhänger beider Fanlager einig. Befürwortendes Gebrüll hallt durch die Arena. Ein Faustkampf würde den Fans eindeutig gefallen.

Natürlich ist aber auch dem Schiedsrichter nicht entgangen, was sich hier anzubahnen droht. Brüllend fährt er mit den Worten „Auseinander“ auf die beiden Streithähne zu. Etwa einen Meter vor den Spielern presst er seine Kufen ins Eis und bremst mit seinem Hockeystop ruckartig die Bewegung. Dadurch kommt er direkt zum Stillstand. Schnell hat er erkannt, dass die beiden sich fokussierenden Spieler ihn trotz der zu erwartenden Konsequenzen ignorieren und ihrem

Vorhaben treu geblieben sind. Der Schiedsrichter starrt gebannt auf die beiden Akteure. Eingreifen wird er erst, wenn er sich seiner sicher sein kann, dass keine Fäuste mehr fliegen und somit keine Gefahr eines Querschlägers mehr droht. Neu sind ihm solche Situationen nicht. Meistens enden diese Szenen mit zwei auf dem Eis liegenden und ineinander verkeilten Kontrahenten.

Aaden fixiert unbändig den Spieler der Fire Hawks. Den linken Fuß hat er nach vorne gesetzt. Auch seine linke Faust ist in Richtung seines Gegners erhoben. Mit seiner Führhand würde er einen herannahenden Schlag abwehren, um dann mit seiner starken Rechten selbst zuzuschlagen. Sein Gegner ist einen guten Kopf größer als er, einschüchtern lässt er sich jedoch nicht. *Es ist an der Zeit diesem Möchtegern eine Lektion zu erteilen.*

Die Spieler bewegen sich mit leichten Schüben ihrer Schlittschuhe im Kreis. Dann reißt Aadens Geduldsfaden und er schlägt zuerst zu. Seine linke Hand schnellt nach vorn und packt seinen Kontrahenten an der Schulter. Ruckartig zieht er ihn heran. Während der Bewegung schiebt er parallel seinen rechten Arm nach hinten. Mit

vollem Schwung und aller Kraft, die er aufbringen kann, schlägt er nun zu. Die Faust rast nach vorn. Ungezügelt erreicht sie ihr Ziel und schlägt auf der Wange seines Kontrahenten ein. Durch die Wucht des Schlages torkelt sein Gegner zurück. Mit einem lauten *Ratsch* zerreißt das Trikot, das Aaden noch immer mit seiner linken Hand festhält.
Doch Thore Thöben ist noch nicht bedient. Unvermittelt stürzt er sich wieder nach vorne und macht sich über Aaden her. Fäuste fliegen quer durch die Luft.

Aus den Zuschauerrängen hallen Jubel und Zurufe dröhnend durch die Arena. Die Fanlager unterstützen lautstark ihren jeweiligen Gladiator.

Beide Kontrahenten landen auch noch vereinzelte Treffer auf dem Körper und im Gesicht ihres Gegenübers. Die Helme der Spieler halten den radikalen Attacken nicht länger stand. Die Druckknöpfe der Riemen, mit denen die Helme um das Kinn der Spieler geführt sind, springen auf. Die Helme fliegen zu Boden. Auch der Fire Hawk hat sich zwischenzeitlich im Trikot des Blizzard-Spielers verkeilt. Beiden Kontrahenten sind die harten Treffer auf den kampfgezeichneten Gesichtern deutlich anzusehen.

Ein letztes Aufbäumen. Aaden schreit seinen Frust hinaus, wirft sich nach vorn und umschlingt den Gegner am Hals. Seinen Gegner im Schwitzkasten umfasst reißt er ihn von den Kufen. Mit einem dumpfen Knall schlagen zuerst der Hüne und dann der Blizzard Stürmer auf der gefrorenen Spielfläche auf. Aaden thront oben und fixiert seinen Gegner weiter fest in seinem Würgegriff.

Die Schiedsrichter erkennen endlich ihre Chance, die unnötige Szenerie zu beenden. Wagemutig stürzen sie sich zu zweit auf die außer Kontrolle geratenen Kontrahenten und setzen damit dem Kampf ein jähes Ende. Lautstark weisen sie die Spieler zurecht, bis diese letzten Endes uneinsichtig voneinander ablassen. Die Spieler werden auseinandergezogen und von jeweils einem Schiedsrichter begleitet, in Richtung der Strafbänke geführt. Ohne sich auf Diskussionen mit den Raufhähnen einzulassen, schicken sie diese unverzüglich vom Eis.

Die Stimmung peitscht wieder auf einem neuen Höhepunkt durch die Arena. Beide Fanlager feiern lautstark ihren jeweiligen Gladiator und sticheln gegen die gegnerische Mannschaft. Schmähparolen und –chöre hallen dröhnend durch die Arena.

Vom Schiedsrichter über das Feld geschoben, hat Aaden das Eis bereits verlassen. Als die Plexiglasscheibe der Strafkabine geschlossen wird, atmet er noch im Stehen tief ein und schließt für einen Moment die Augen. Der Moment der Ruhe hilft ihm, wieder herunterzukommen. Zwar ist er nicht häufig in solch einer Situation, dennoch ist ihm das Szenario durchaus vertraut. Widerstand ist hier zwecklos. Sollte er sich hier gegen den Schiedsrichter auflehnen, müsste er mit weiteren Strafen rechnen und würde letzten Endes nur noch seinem Team in diesem verdammt wichtigen Spiel schaden. Er lässt sich auf die Bank fallen und greift nach der dort hinterlegten Trinkflasche.

Die Blessuren seiner Auseinandersetzung machen sich nun bemerkbar. Ein stechender Schmerz durchzieht seine Wange, hin zu seinem linken Auge. Er hebt die Trinkflasche an und drückt kräftig auf den Plastikkörper. Der erste Schwall frisches Wasser fließt in seinen Mund. Den zweiten Schwall spritzt er in sein

malträtiertes Gesicht. Auf den Knöcheln seiner Hand entdeckt er ein paar getrocknete Blutspritzer. Er stellt die Flasche ab und untersucht seine Hand genauer. Schnell stellt er aber fest, dass er keine Schnitt- oder Platzwunden davongetragen hat. Lediglich ein paar Schrammen zeichnen sich auf den Knöcheln seiner Hand ab. Demnach scheinen die Blutspritzer von seinem Kontrahenten zu stammen.
Wieder macht sich auf seinem Gesicht ein leichtes Grinsen breit. Es scheint, als konnte er die gewünschte Botschaft seinem Kontrahenten verständlich vermitteln. Dieser würde ihn wohl auch in den nächsten Tagen noch in Erinnerung behalten. Auch wenn wohl nicht in guter Erinnerung…
Mit seiner linken Hand nimmt er die Flasche wieder auf und spritzt sich einen schwall Wasser auf die verblutete Hand, um diese zu reinigen.

Auf dem Feld haben sich die Schiedsrichter währenddessen beratend versammelt. Die restlichen Feldspieler haben sich zu ihrer jeweiligen Mannschaftsbank zurückgezogen. Von Jaeson Ramp werden die auf dem Feld verstreuten Ausrüstungsgegenstände eingesammelt und Aaden an der Strafbank übergeben. Den Check gegen den Kopf scheint Jaeson weggesteckt zu haben. Anerkennend klopft er mit seiner Schlägerkelle gegen Aadens Beinschoner, bevor er sich wieder auf den Rückweg zur Mannschaftsbank aufmacht.

Nach kurzer Beratung der Schiedsrichter ist die Entscheidung gefallen. Die beiden Streithähne erhalten jeweils eine zwei plus zweiminütige kleine Bankstrafe sowie eine zehnminütige Disziplinarstrafe. In dem ganzen Trubel scheint der Auslöser der Situation jedoch untergegangen zu sein. Der harte Check den Jaeson einstecken musste, bleibt ungeahndet.
Während der Stadionsprecher die Strafen per Lautsprecher verkündet, blinken diese auch im Videowürfel der Arena auf.

Im Fanblock der Gästemannschaft wird die Durchsage des Stadionsprechers verärgert aufgenommen. Diese Ungerechtigkeit wird nicht akzeptiert. Erneut hallen laute Rufe durch die Arena.

Zu Beginn der Auseinandersetzung wurde die Spielzeit bei 17 Minuten und 11 Sekunden unterbrochen.

Der eifrige Schiedsrichter möchte die Partie nach der langen Unterbrechung zügig fortsetzen. Schon ist er wieder auf dem Weg zum Bullypunkt an der Mittellinie, um das Spiel zu eröffnen. Die Mannschaften hält er an, jeweils fünf Feldspieler aufs Eis zu schicken. Die Strafzeiten heben sich gegenseitig auf. Die Partie wird daher mit regulärer Spielerzahl fortgesetzt.
Beide Teams nutzen dies, um neue Spieler aufs Eis zu bringen.

Die Blicke der Zuschauer wandern derweil zwischen dem Eis und der Strafbank der Heimmannschaft. Thore Thöben hat sich dort gerade sein zerrissenes Trikot über den Kopf gezogen. Mit einem kräftigen Wurf schleudert er die verbliebenen Fetzen des roten Trikots in die begeisterte Zuschauermenge hinter der Strafbank. Kreischende Fans haschen nach dem denkwürdigen Trikot. Parallel eilt bereits ein Zeugwart heran, der dem Verteidiger ein Ersatztrikot übergibt. Zügig stülpt Thore das neue Trikot über seinen Kopf.

Wenige Sekunden später fällt der Puck. Schläger krachen gegeneinander. Kufen kratzen energisch über das Eis. Das Spiel befindet sich wieder in vollem Gange.

Die technisch versierten Fire Hawks können jedoch das Momentum besser für sich nutzen. Schon nach wenigen Pässen haben sie das Ruder übernommen und sich nach kurzer Zeit im Drittel der Blizzards festgesetzt. Geschickt spielen sie sich gegenseitig frei und lassen den einen oder anderen gegnerischen Verteidiger alt aussehen. Nach einem perfekten Zuspiel taucht Fire-Hawk-Stürmer Talis Jarn vor Blizzards Goalie Bailey auf und schiebt den Puck kraftvoll in Richtung des Torgehäuses.

Bailey reißt im letzten Moment seinen Schläger nach oben, um den Puck damit abzuwehren. Der Puck knallt gegen den Schläger und pfeift knapp über das Torgehäuse hinweg. Mit einem dumpfen Schlag scheppert er gegen die Plexiglasscheibe der Spielfeldumrandung. Von dort fällt er zurück aufs Eis. Den leisen Aufschlag des Pucks wahrnehmend, reagiert der Goalie instinktiv und knickt seine Knie nach innen ein. Horizontal setzen seine Beinschoner dabei auf dem Eis auf. Unerwartete tiefe Einschüsse oder einen dreisten *Bauerntrick,* bei dem der puckführende Spieler mit hohem Tempo von einer Seite hinter das gegnerische Tor läuft und versucht, mit einer schnellen Drehbewegung den Puck auf der anderen Seite des Tores unterzubringen, wüsste er nun zu verhindern. Sein Instinkt und seine Vorsicht täuschen ihn nicht. Wiederum konnten die Fire Hawks den Puck hinterm Tor erobern. Der spielgerätführende Angreifer fährt schwunghaft einen kurzen Bogen zum linken Außenpfosten des Torgehäuses. Fokussiert versucht er, den Puck knapp am Pfosten vorbei einzuschieben.

Baileys Schoner kommt ihm zuvor. Der vom Schläger geführte Puck bleibt am Beinschoner des Goalies hängen.
Noch ist die Situation jedoch nicht entschärft. Auf seinen Schläger aufbäumend drückt der Stürmer den Puck gewaltsam gegen den Schoner, um beide zusammen ins Tor zu schieben. Bailey hält stand. Sein Körper steht unter höchster Anspannung. Mental schiebt er seine ganze Kraft auf seine Beinmuskulatur, um dem frevelhaften Druck Paroli zu bieten.
Lange muss er auch nicht mehr durchhalten. Ragna Rogen eilt seinem Kameraden zur Hilfe. In vollem Schwung heranahend knallt er seitlich in den Gegenspieler hinein.

Von dem Bodycheck überrascht wird der Stürmer nach hinten geschmettert und schlägt unsanft auf dem harten Eis auf.
Ragna und Bailey tauschen einen kurzen anerkennenden Blick. Einen Moment später sind beide wieder auf das Spielgeschehen fokussiert.

Aber da ertönt schon ein Pfiff. Ein Raunen geht durch die Arena.
Was war passiert?

Der Schiedsrichter fährt mit erhobenem Arm auf Ragna zu. Der harte Bodycheck wird mit einer zweiminütigen Zeitstrafe belegt. Aufgrund der aufgeheizten Atmosphäre, wollen die Schiedsrichter einen strengen Kurs einschlagen.

Auf den Zuschauerrängen herrscht geteilte Meinung. Während die rot gekleideten Anhänger der Fire Hawks die Entscheidung wohlwollend aufnehmen, sind im Block der blau gekleideten Blizzards-Fans empörte Rufe zu vernehmen.

Verdrossen gleitet der Verteidiger in Richtung der Strafbank über das Eis. Die Türe der Strafbank wird geöffnet. Aaden Ramsey rutscht auf der Sitzbank gemächlich zur Seite, um seinem Teamkameraden Platz zu verschaffen. An der in

die Bande eingelassenen Strafbanktüre angekommen, hebt der Spieler sein rechtes Bein vom Eis und steigt durch die offene Plexiglastüre. Mürrisch lässt er sich auf die Bank fallen. Aaden kickt ihm zur Begrüßung lässig mit seinem Schlittschuh gegen das Schienbein und reicht ihm eine Wasserflasche weiter.
Die Türe der Strafbank wird geschlossen.

Auf dem Spielfeld gibt der Schiedsrichter aktuell die Strafe bekannt. Seine beiden Arme streckt er dabei mit geöffneten Handflächen nach vorne. „Check von hinten" lautet sein Urteil. Das Strafmaß beträgt zwei Minuten.
Die Fire Hawks gehen nun also ins Powerplay[12].
Auf dem Videowürfel blinkt die Strafzeit auf. Die darüber liegende Spielzeit steht bei 13 Minuten und 53 Sekunden. Für zwei Minuten bietet sich für die Fire Hawks ein numerischer Vorteil. Auf dem Feld spielen fünf Hawks gegen vier Blizzards.

Durch den fehlenden Spieler entsteht mehr Platz auf dem Eis. Das Spiel kann sich dadurch verändern. Insbesondere technisch versierte Spieler erhalten hierbei den benötigten Raum, um

---

[12] Überzahlsituation für eine Mannschaft aufgrund einer ausgesprochenen Strafe gegen die gegnerische Mannschaft

die gegnerische Abwehr zu umtänzeln und den Goalie unter Beschuss zu nehmen.
Blizzards Head Coach Tad Kingsley ist in seine Notizen vertieft. Schnell muss er entscheiden, wie er die beiden durch Strafzeiten fehlenden Spieler in seinen Unterzahlformationen ersetzt. Ein kleines Nicken bestätigt seine Gedanken. Auch der Youngster Alex Knight soll nun seinen Einsatz in Unterzahl bekommen. Das Eigengewächs aus dem Vereinsnachwuchs hat erst zum Saisonbeginn den Sprung aus der Jugendmannschaft in die Profimannschaft geschafft. Durch seine Geschwindigkeit und seinen Ehrgeiz konnte er in der Nachwuchsliga ordentlich punkten und sich damit die Türe zu den Profis aufschieben. Auch hier wusste er bei seinen ersten Einsätzen durchaus zu überzeugen und sammelte im Laufe der Saison zahlreiche Scoring-Punkte. Kingsley setzt nun auf Knights Eigenschaften als flinker und ehrlicher Teamplayer. Er ist sich sicher, dass der Youngster seine Chance in diesem einmaligen Spiel erkennt und alles dafür tun wird diese auch zu nutzen. Für den Erfolg der Mannschaft muss er alles geben.
Mit lauter und klarer Stimme gibt der Coach seine Anweisungen an sein Team weiter.

Wie gewohnt steht der Schiedsrichter bereits mit Puck am Bullypunkt bereit, um das Spiel wieder zu eröffnen. Aufgrund der letzten Strafe zulasten der Blizzards findet das Bully auch im Drittel der Blizzards statt. Im rechten Bullykreis der Defending Zone finden sich die Spieler ein. Goalie Bailey macht sich ebenfalls bereit. Konzentriert positioniert er sich in Richtung des Bullykreises. Den Puck hat er mit den Augen fest fixiert. Eventuelle schnelle Abschlüsse auf sein Tor will er sofort entschärfen.

Die Center stehen sich gegenüber. Beide sehen die Relevanz des Bullys klar vor Augen. Auf Seite der Hawks bedeutet ein gewonnener Puck die ideale Chance zum schnellen Aufbau der Powerplayformation. Auf Seiten der Blizzards könnte man genau dies verhindern und den Puck aus dem eigenen Drittel befördern.
Der Schiedsrichter öffnet seine Hand. Der Puck fällt. Wieder einmal knallen Schläger gegeneinander. Im ersten Moment entschärfen die Center ihr Vorhaben gegenseitig. Da die Kellen zeitgleich auf den Puck einkrachen, bleibt dieser für einen kurzen Moment auf dem Bullypunkt liegen. Im Nachsetzen haben die Fire Hawks jedoch die Nase vorn. Center Franklin Hanson reagiert schneller und presst seinen

Oberkörper nach vorne. Seinem Kontrahenten nimmt er damit den Raum und kann den Puck in Richtung seiner Mitspieler bugsieren.

Der Puck zischt vom Bullypunkt in Richtung der Drittellinie. Dort wird er freudig von einem Verteidiger der Fire Hawks aufgenommen.
Im Drittel entsteht Bewegung. Beide Mannschaften haben nach dem Bully ihre Startposition verlassen und sind ins Spielgeschehen eingestiegen. Die Fire Hawks, denen alle fünf Feldspieler zur Verfügung stehen, bauen sich im Drittel auf. An der Drittellinie sind zwei Verteidiger platziert. Die beiden Außenstürmer positionieren sich am jeweiligen Rande des Spielfeldes auf Höhe der Bullypunkte. Der Center sucht seine Position im Slot[13] vor dem Tor.

Die Blizzards bauen parallel ihre Unterzahlformation auf. Ihre vier Feldspieler platzieren sich dabei als Viereck vor dem eigenen Tor. In der vorderen Reihe des Vierecks findet sich auch Youngster Alex Knight.

---

[13] Der Slot ist der Bereich direkt vor dem Torhüter zwischen den Bully-Kreisen und erstreckt sich bis zur blauen Linie. Quelle: https://en.wikipedia.org/wiki/Slot_(ice_hockey), Stand 15.01.2022

Der Puck führende Verteidiger Nikolas Marry wischt die Scheibe entlang der Drittellinie nach links zu seinem Mitspieler. Dieser nimmt den Puck problemlos an und scannt das Feld. Mit schnellen Bewegungen seines Schlägers schiebt er den Puck vor sich hin und her. Auf seiner Seite ist der Passweg zum Stürmer frei. Ruckartig schießt er das schwarze Hartgummi zu seiner erwählten Anspielstation. Mit einem leisen *Klong* schlägt dieser gegen die Kelle des Mitspielers. Dieser will den Puck aber nicht lange halten. Per Direktannahme schickt er die Scheibe wieder zu Nikolas Marry zurück. Den Puck erwartend hat der Verteidiger bereits seinen Schläger nach oben gerissen. Mit voller Wucht hämmert er die herannahende Scheibe nun in Richtung des Tores.

Von brachialer Gewalt getrieben, reißt es den Puck vom Eis. Die Scheibe hebt ab und rast gnadenlos auf das gegnerische Tor zu.

Instinktiv reißt Alex seinen Schläger nach oben. Glücklich streift der herannahende Puck seine Kelle. Die kurze Berührung reicht aus, um dem Puck einen steileren Winkel zu verpassen. Die Scheibe rauscht knapp über das Tor hinweg. Mit voller Wucht knallt diese gegen die

Plexiglasscheibe der Feldumrandung. *Klaaak.* Der Einschlag hallt krachend durch die Arena. Überrascht von der brachialen Gewalt des Einschlages zieht sich ein Riss durch die Scheibe. *Knack.*
Eine Sekunde später knirscht die gesamte Platte und die klare durchsichtige Scheibe färbt sich in lauter matte Splitter. Dann passiert es auch schon. Die angeschlagene Plexiglasscheibe zerbröselt in ihre Einzelteile und fällt, wie ein einstürzendes Kartenhaus, in sich zusammen. Der herabgefallene Puck wird von den Splittern begraben.

Hastig unterbricht der Schiedsrichter das Spiel. Zur Sicherheit aller Akteure gilt es die Schäden zu beseitigen, bevor das Spiel fortgesetzt werden kann.

\- - -

Die Szene ist natürlich nicht verborgen geblieben. Hektisch bewegt sich der Eismeister über das Feld, um den Schaden zu begutachten. Mit kleinen Schritten schiebt er sich an und rutscht mit seinen Turnschuhen vorsichtig über den gefrorenen Untergrund.

Auf den Zuschauerrängen herrscht währenddessen große Begeisterung. Die Heimmannschaft jubelt und feiert lautstark ihren *Zerstörer*.

Die Uhr des Videowürfels blinkt bei 13 Minuten und 01 Sekunde. Die Strafzeit von Ragna Rogen steht bei 68 Sekunden. Fast die Hälfte der Strafe ist somit überstanden.

Amüsiert verfolgen die Zuschauer während der Unterbrechung die Arbeiten des Eismeisters und seiner Helfer. Die zerstörte Scheibe wurde in wenigen Minuten abgebaut und die Glassplitter zusammengefegt. Eine Ersatzscheibe wurde bereits herbeigeschafft und wird gerade eingesetzt.

Die Spieler haben sich derweil zu ihren Mannschaftsbänken zurückgezogen. Die unerwartete Unterbrechung kommt den Blizzards gelegen, um sich zu sammeln und zu regenerieren. Head Coach Tad Kingsley nutzt die Zeit um ein paar taktische Hinweise und motivierende Worte an seine Mannschaft zu richten.

Nach knapp einer halben Stunde ist es geschafft. Die neue Scheibe ist eingesetzt und die Reste der zerstörten Scheibe wurden sorgfältig entfernt. Konzentriert streift der Schiedsrichter mit seiner Hand über die neu eingesetzte Scheibe. Es liegt an ihm, zu entscheiden, ob es keine Spielergefährdung mehr gibt und ob das Spiel nun fortgesetzt werden kann. Die Scheibe ist souverän ausgetauscht. Da er nichts zu beanstanden hat, nickt der Schiedsrichter wohlwollend in Richtung des Eismeisters. Anschließend richtet er sich den beiden Mannschaften entgegen. Ein Pfiff aus der Trillerpfeife ertönt. Wieder einmal soll das Spiel nach der langen Unterbrechung schnell fortgeführt werden. Zielstrebig steuert der Schiedsrichter auf den rechten Bullypunkt in der Defending Zone der Blizzards zu.

Die Überzahlformation der Fire Hawks, sowie die erste Unterzahlformation der Blizzards mit Ersatzmann Alex Knight steuern ebenfalls zügig auf den Schiedsrichter am Bullypunkt zu. Frisch erholt sind sie wieder bereit mit einhundertprozentigem Einsatz in das Spielgeschehen einzusteigen.

Viele Zuschauer haben die Unterbrechung genutzt, um sich an den Stadionkiosken mit neuem Fastfood und Softdrinks einzudecken und natürlich insbesondere die Luft aus den leeren Bierbechern zu verdrängen. Die Freude darüber, dass es auf dem Eis nun endlich weitergeht, lässt sich der stark anschwellenden Lautstärke in der Arena klar entnehmen.

- - -

Aaden klopft seinem Teamkameraden Ragna Rogen auf die Schulter. Dieser erhebt sich bereits von der Strafbank und hängt ungeduldig an der Tür zum Spielfeld. Schnellstmöglich möchte er wieder in das Geschehen auf dem Eis eingreifen. Die verbliebenen 68 Sekunden seiner Strafzeit blinken ihm gehässig vom Videowürfel entgegen.

Der Puck fällt. Das Krachen der danach haschenden Schläger verhallt im anschwellenden Gesang auf den Zuschauerrängen.
Rasant flitzt die schwarze Hartgummischeibe in Richtung blauer Linie über das Eis. Das Bully konnten die Fire Hawks erneut für sich entscheiden.

Die Scheibe landet wieder bei Nikolas Marry, dem Verteidiger der Fire Hawks. Mit der Kelle seines Schlägers stoppt er diese lässig und schiebt den Puck in kurzen Intervallen vor sich her. Fließend bewegt er sich entlang der blauen Linie. Seine Mitspieler rotieren im Angriffsdrittel, um eine gute Anspielsituation zu kreieren.

Ragnas Blicke wechseln währenddessen hastig zwischen dem Videowürfel und dem Geschehen auf dem Eis hin und her. Jede gelungene Befreiung nimmt er dankbar wahr. Die verbleibenden Sekunden seiner Strafe kommen ihm wie eine Ewigkeit vor. Endlich erlischt die Zeitanzeige. Nach einem letzten Aufblinken seines Namens erlischt dieser gemeinsam mit der Strafzeit auf dem Videowürfel.
Ein Ordner öffnet die Türe der Strafbank. Gerade als die Türe halb geöffnet ist und genügend Platz für seine massigen Schultern bietet, springt er auf das Eis und sprintet auf das Drittel der Blizzards zu.

Parallel läuft das Spiel rasant weiter. Nach einigen schnellen Pässen hat Cannon Belt den Puck auf seiner Kelle. Diesen spielt er zurück zur blauen Linie. Dort nimmt ihn Nikolas wieder auf. Kaum entgegengenommen schiebt dieser die

Scheibe zu einem Mitspieler diagonal über das Feld. Die Scheibe rast auf Hawks-Stürmer Franklin Hanson zu. Den Hartgummi erwartend, reißt der Linksschütze seinen Schläger nach oben.

Durch die Lautsprecher ertönt währenddessen die Durchsage des Stadionsprechers. Die Blizzards sind wieder vollzählig.

Im nächsten Moment erreicht die Scheibe den Stürmer. Hanson hämmert die heranrauschende Scheibe mit aller Gewalt auf das gegnerische Tor.
Goalie Bailey knickt ruckartig mit den Knien ein und presst seine Beinschoner aufs Eis. Das abgefeuerte Hartgummigeschoss erreicht ihn im selben Moment. Brachial schlägt dieses gegen seine Brust. Trotz des massiven Brustpanzers des Goalies spürt dieser einen stechenden Schmerz. Ihm bleibt die Luft weg und seine Atmung stockt.
Vom Brustpanzer abgeprallt fliegt der Puck zurück in den Slot des Spielfeldes.

Youngster Knight erreicht die Scheibe als erster. Mit seinem Schläger nimmt er die Scheibe auf. Im selben Moment presst er die Kufe seiner

Schlittschuhe ins Eis. Abgeschabtes Eis spritzt in Richtung des Tores. Durch die Aktion kommt er ruckartig zum Stehen. Flink dreht er sich, um die eigene Achse und setzt den Schläger an den Puck, um diesen aus dem eigenen Drittel zu befördern.
Im nächsten Moment verspürt er einen stechenden Schmerz in seinem rechten Handgelenk. Durch den Schmerz aus dem Konzept geworfen verliert er die Kontrolle über den Puck. Ein herannahender Spieler der Fire Hawks hatte ihm seinen Schläger auf das ungeschützte Handgelenk geschlagen.

Das Spiel läuft weiter. Die Schiedsrichter scheinen den hinterlistigen Stockschlag nicht registriert zu haben.

Während sich in der Hand des jungen Stürmers ein schmerzhaftes Pochen breit macht, drückt ihn Talis Jarn – der Übeltäter – nun auch noch grob zur Seite und schiebt den Puck erneut zu seinem Sturmpartner Hanson.

Dieser schnellt heran, schnappt sich die Scheibe und zieht in Richtung des Tores. Der noch leicht angeschlagene Goalie der Blizzards ist immer noch mit den Schonern auf dem Eis. Hanson erkennt eine ausnutzbare Lücke. Mit wenigen Schritten umkurvt er den Goalie und hebelt die schwarze Hartgummischeibe mit der Rückhand am Goalie vorbei in die Maschen.

Auf den Stadionrängen herrscht pure Ekstase. Die Jubelschreie der Fans der Heimmannschaft lärmen lautstark durch die Arena.

Der Schiedsrichter reißt seinen Arm nach vorne und deutet auf das Torgehäuse. Der Treffer wird gegeben.
Im nächsten Moment hallen auch schon wider die Worte des Stadionsprechers aus den Lautsprecherboxen durch die Arena.
„Tor, Toor, Toooooor! Und wieder heißt es Tor durch unsere Nummer 34, Frankliiiiiiin ..."
„Hanson!", schallt es im Chor von den Rängen zurück.
„Unsere Fire Hawks bauen ihre Führung aus. Damit der neue Spielstand drei zu eins", fährt der Stadionsprecher mit seinen Erläuterungen fort.

Zwischenzeitlich wendete sich Alex an den nächstgelegenen Schiedsrichter. Wild gestikulierend präsentiert er dem Offiziellen seine schmerzende Hand. Der Schiedsrichter lässt sich jedoch in der gefallenen Entscheidung nicht beirren. Kopfschüttelnd signalisiert er dem Youngster, dass die Entscheidung undiskutabel gefallen ist. Fluchend fährt Alex in Richtung der Spielerbank. Er war so gut im Spiel, hat einen guten Job gemacht und dann widerfährt ihm so ein Mist…

Verärgert lässt er sich auf die Spielerbank fallen. Der Coach klopft ihm aufmunternd auf die Schulter und richtet sich an die Mannschaft:

„Kommt schon Jungs. Konzentriert euch. Wir müssen wieder in unser Spiel finden. Wir haben noch über dreißig Minuten. Das ist genug Zeit, um das Spiel nochmal zu drehen."

Die Spielzeit auf dem Videowürfel blinkt bei 11 Minuten und 32 Sekunden. Der Schiedsrichter steht bereits wieder am Mittelkreis parat. Nachdem er die formalen Angaben zum Torschützen und den Assistgebern an die Zeitnahme weitergegeben hatte, ist er direkt zum Bullypunkt gefahren. Wieder ist es sein Ansinnen, das Spiel fortzuführen.

Da die Strafe kurz vor dem Tor endete, schicken beide Mannschaften wieder regulär fünf Spieler aufs Eis. Die Mannschaften nehmen ihre Aufstellung ein. Während sich die Center beim Schiedsrichter am Bullypunkt einfinden, stellen sich die Außenstürmer am linken und rechten Schnittpunkt der Mittelfeldlinie mit dem Bullykreis auf. Die beiden Verteidiger stehen zurückversetzt in der eigenen Spielhälfte. Der obligatorische Pfiff ertönt, der Puck fällt und das Spiel ist wieder eröffnet. Auf dem Eis ertönt sofort wieder das euphorisierende Kratzen von Kufen auf der Eisfläche des Stadions.

- - -

Aaden Ramsey sitzt derweil noch immer auf der Holzbank, welche sich in der Strafkabine, die umgangssprachlich *Kühlbox* genannt wird, befindet. Unzufrieden verfolgt er das Spielgeschehen durch die große Plexiglasscheibe der Spielfeldumrandung. Trotz der vielen Ereignisse auf dem Eis scheint die Zeitangabe auf dem Videowürfel, welche seine große Strafe anzeigt, nicht herunterlaufen zu wollen. Die Einflusslosigkeit frustriert ihn. Wie gerne würde er endlich wieder auf das Eis zurückkehren und in das Spielgeschehen eingreifen. Hierfür muss er sich jedoch noch fast bis zum Ende des zweiten Drittels gedulden. Kurz schweift sein Blick vom aktuellen Spielgeschehen ab und wandert zur Kühlbox der Heimmannschaft. Thore Thöben, sein Kontrahent aus dem Fight zu Beginn des zweiten Drittels, sitzt ebenfalls noch auf der Strafbank. Seine Handschuhe hat sich der Hüne noch nicht wieder übergestreift. Mit seiner rechten Hand drückt sich dieser ein Kühlpad gegen die rechte Wange. Instinktiv blickt Aaden auf seine Faust hinab. Ein leichtes Schmunzeln kann er nicht zurückhalten.

Klonk.
Aaden schreckt auf.

Mit einem leichten Knall krachte der Puck vor ihm gegen die Plexiglasscheibe der Spielfeldumrandung und reißt ihn aus seinen Gedanken. Sein Blick löst sich augenblicklich von seinen Händen und schweift zurück auf das Spielgeschehen. Nach dem abgesetzten Weckruf zischt der Puck zügig weiter entlang der Bande ins Drittel der Blizzards. Er passiert die verlängerte Torlinie und schlägt am Ende des Spielfeldes gegen die Bande der Spielfeldumrandung.

\- - -

Aadens Teamkameraden konnten sich im Drittel der Fire Hawks festsetzen. Den Spielern war es geglückt die gegnerische Mannschaft gekonnt festzuspielen und den gegnerischen Goalie mit ein, zwei gefährlichen Abschlüssen unter Druck zu setzen. Überwinden ließ sich Goalie Vodkasky jedoch nicht. Zwar konnte er den Puck nicht kontrollieren, aber es gelang ihm, den Torraum dicht zu machen und die beiden Schüsse zuerst mit seinem Schläger und dann mit seinem Beinschoner abzublocken. Den Fire Hawks glückte es, den zurückgesprungenen Puck zu kontrollieren. Mit einem beherzten Handgelenkschuss beförderte Cannon Belt den Puck aus dem eigenen Drittel heraus. Der Puck knallte auf Höhe der Kühlbox gegen die Scheibe, bevor er ans andere Ende des Spielfeldes rauschte.

Der Pfiff aus der Trillerpfeife des Schiedsrichters ertönt. Vor seinem Oberkörper legt er seine beiden Unterarme übereinander. Die klare Entscheidung lautet auf *Icing* – ein unerlaubter Weitschuss.

Die Spielzeit auf dem Videowürfel stoppt bei 4 Minuten und 28 Sekunden.

Die Blizzards erhalten durch die Unterbrechung die Möglichkeit, eine neue und ausgeruhte Spielerformation aufs Eis zu bringen. Den Fire

Hawks ist ein Wechsel aufgrund des zu verantwortenden Icings nicht gestattet.
Das Bully findet wieder im Drittel der Fire Hawks statt.

Aadens Blick wandert zum Videowürfel. Noch eine gute Minute dauert seine Zeitstrafe an.

Um den Schiedsrichter herum versammeln sich die beiden Mannschaften zum Bully. Die Center Position der Blizzards hat Jaeson Ramp eingenommen. Der Schiedsrichter checkt nochmal das Spielfeld. Alle Spieler haben sich in ihrer Startaufstellung positioniert. Auch von Goalie Vodkasky erhält er ein bestätigendes Nicken. Der Puck fällt. Die Schläger der beiden Center schnellen nach vorne. Jaeson gewinnt das Duell. Nur einen winzigen Moment vor seinem Gegenspieler erreicht sein Schläger den Puck. Durch seine Beine schiebt er den Puck in Richtung der blauen Drittellinie. Die Schlägerkelle des Fire Hawk Centers schlägt ins Leere und knallt dumpf auf der nackten Eisoberfläche auf. Währenddessen wird der herannahende Puck bereits von Ragna, dem Verteidiger der Blizzards, entgegengenommen. Den Puck stoppt er mit seiner Schlägerkelle und zieht im selben Moment entlang der blauen Linie in die Mitte des Drittels.

Für einen schnellen Abschluss auf das Tor bieten ihm die Fire Hawks jedoch keinen geeigneten Platz. Der Slot ist zugestellt.
Jaeson ist nach seinem Bullygewinn zur blauen Linie aufgerückt. Den Laufweg seines Teamkameraden hat er registriert und dessen Platz an der blauen Linie eingenommen. Damit bietet er auch eine mögliche Anspielstation für den Puck führenden Spieler. Dieser nimmt die Option ebenfalls wahr und spielt den Pass. Jaeson empfängt die Scheibe. Mit der Rückhand nimmt er diese an und bewegt den schwarzen Hartgummi fließend vor sich hin und her. Der Fire Hawk Center rast auf ihn zu. Mit einer geschickten Bewegung schiebt er sich und den Puck zur Seite und dreht dabei seinen Körper um 45 Grad. Der herannahende Gegenspieler touchiert ihn, rauscht dann aber an ihm vorbei. Den Gegenspielern ist anzumerken, dass sie schon lange auf dem Eis stehen und durch das Icing langsam die Kräfte schwinden.
Nahe der verlängerten Torlinie entdeckt Jaeson den Youngster. Ihm schiebt er die Scheibe entgegen. Alex nimmt den Puck sofort auf und fährt vollends hinter das Torgehäuse. Direkt hinter dem Tor drückt er die Kufe seiner Schlittschuhe ins Eis. Der Hockeystop beendet seine Bewegung ruckartig. Geschützt vom

Torgehäuse scannt er das Spielgeschehen, während er den Puck vor sich bewegt. Mit einer kurzen Bewegung täuscht er einen Sprint zur linken Spielfeldseite an, um jedoch direkt darauf auf die rechte Spielfeldseite zurückzulaufen.
Noch bevor ein Spieler der Fire Hawks ihn hinter dem Tor erreicht, spielt er die Scheibe zurück zu Jaeson. Dieser nimmt den Puck an und kontrolliert ihn kurz. Ein blaues Trikot erscheint in seinem Augenwinkel. Blitzschnell leitet er den Puck schwungvoll zurück zu dem zwischenzeitlich gut platzierten Verteidiger. Der Puck erreicht Ragna in einem idealen Winkel. Dieser riss bereits in Erwartung des Passes den Schläger – zum Schlagschuss – nach oben. Mit voller Wucht rauscht der Schläger nach unten. Kurz bevor er den Puck auffängt, setzt die Kelle des Schlägers auf der Eisoberfläche auf. Gequält von dem auf den Schaft ausgeübten Druck biegt sich der Schläger kräftig durch. In dem Moment als er den Puck erreicht wird ihm der vorherrschende Druck jedoch zu groß.
Knaack. Der Schläger bricht.
Die Kelle löst sich vom Schaft. In einem hohen Bogen rauscht die Kelle über die Spieler, über den Goaile und letztendlich auch über das Tor. Am Ende des Spielfeldes landet die Kelle im

Netz, welches hinter dem Tor an der Spielfeldumrandung befestigt ist.
Durch den Schlägerbruch hat sich die Energie des Schlagschusses ungewollt entladen. Auf den Puck wirkte nur noch eine gemäßigte Kraftquelle ein. Zwar wurde der Puck dennoch vom Eis gerissen, jedoch ist er nur lahmend und schlängelnd auf den Goalie zugeflogen. Für Vodkasky ist der Puck leichte Beute. Mit einer lockeren Bewegung seiner Fanghand pflückt er die Scheibe aus der Luft. Seinen Arm mit dem im Handschuh eingeschlossenen Fang reißt er in einer ausholenden theatralischen Bewegung nach unten. Dank des gebrochenen Schlägers ist die gefährliche Situation für die Fire Hawks somit entschärft.

Der Pfiff des Schiedsrichters ertönt. Das Spiel ist erneut unterbrochen.
Die Spielzeit auf dem Videowürfel stoppt bei 3 Minuten und 24 Sekunden.
Die Blizzards erhalten ein weiteres Bully im Drittel der Heimmannschaft. Diese kann nun aber auch wieder eine neue und ausgeruhte Spielerformation aufs Eis schicken.

Auch in der Kühlbox entsteht endlich wieder Bewegung. Aaden starrt gebannt auf den

Videowürfel. Von seiner großen Zeitstrafe sind nur noch wenige Sekunden vorhanden. Auch sein Sparringpartner zu Beginn des Drittels in der anderen Kühlbox hat die ablaufende Strafe registriert.
Dennoch ist beiden klar, dass sie eine erneute Unterbrechung abwarten müssen, bevor sie das Eis betreten dürfen.

Die Spieler auf dem Eis stehen bereit. Die Mannschaften haben ihre Aufstellung eingenommen. Auf Seiten der Blizzards steht Jaeson am Bullypunkt. Seinen Schläger locker auf die Knie gestützt, eifert er dem Anspiel entgegen. Der Schiedsrichter präsentiert den beiden Spielern den Puck. Zuerst setzt der Center der Fire Hawks seine Schlägerkelle aufs Eis. Es folgt die Kelle des Blizzard-Stürmers. Der Puck fällt.
Wie die herausschnellende Zunge eines Chamäleons rauscht Jaesons Schlägerkelle nach vorne. Den Puck erwischt er als erster und schiebt diesen durch seine Beine. Gerade wird der Puck vom Verteidiger aufgenommen, da ertönt jedoch bereits der Pfiff des Schiedsrichters. Verwundert starrt Jaeson in Richtung des Offiziellen. Unbeeindruckt winkt dieser ab und

ermahnt den Stürmer. Sein Anspiel sei zu früh gekommen.
Den Puck fordert er zurück. Das Anspiel soll wiederholt werden. Genervt verdreht Jaeson die Augen, während er wieder seine Bullyposition einnimmt.

Ein zweites Mal fällt der Puck. Wieder schießt Jaesons Schläger nach vorne. Diesmal beweist sein Kontrahent aber auch Reaktionsschnelligkeit. Zeitgleich erreichen die Kellen der beiden Kontrahenten den Puck und drücken diesen zu Boden. Von den Kellen erdrückt, wird der Puck brutal aufs Eis gepresst. Da sich der Druck nicht nach oben oder unten reduzieren lässt, drückt die aufgebaute Spannung den Puck letztlich seitlich aus seinem Gefängnis. Der schwarze Hartgummi reißt aus und gleitet mittig in das Drittel hinein. Dem rechten Außenstürmer der Fire Hawks gelingt es als Erstem, das fliehende Spielgerät einzufangen. Den Schläger hält er lediglich in seiner rechten Hand und schiebt diesen nach vorne, um den Puck gerade noch zu erreichen. Zeitgleich setzt er seine Schlittschuhe in Bewegung. Mit ein paar kleinen schnellen Schritten nimmt er Fahrt auf und sprintet los in Richtung des gegnerischen

Drittels. Um ihn herum entsteht sofort Bewegung auf dem Eis.

Ragna Rogen befindet sich ebenfalls bereits in der Rückwärtsbewegung. Geschickt gleitet er rückwärts über das Eis und stellt sich in den Laufweg des herannahenden Stürmers. Hinter der Mittelfeldlinie treffen die beiden aufeinander. Schützend schiebt der Hawks-Stürmer das Spielgerät an seiner Seite nach vorne. Ragnas Fokus gilt allerdings nicht dem Puck. Seine Konzentration gilt dem Stürmer. Mit leichten Stößen seines Schlägers traktiert er seinen Kontrahenten. Ragna erfasst eine kurze Körperbewegung seines Gegenübers nach innen. Noch bevor er darauf reagiert, enttarnt er jedoch dieses Täuschungsmanöver. Nach dem angetäuschten Schritt setzt sein Gegenspieler seinen linken Fuß gekonnt über und rauscht damit ruckartig nach rechts entlang der Spielfeldbande. Gleich passiert er die blaue Linie auf Höhe der Spielerbank. Ragna hatte den Spielzug aber gelesen und reagierte entsprechend. Sein Gegenüber erreicht er, bevor dieser zwischen ihm und der Bande vorbeiziehen kann. Sein Oberkörper steht unter Spannung. Seine stählerne Muskulatur tritt heraus. Mit den Schultern prallen die beiden Spieler gegeneinander. Der Wucht des Verteidigers kann der überraschte Stürmer jedoch nicht standhalten. Gnadenlos wird dieser gegen die Bande gedrückt. Vom Schwung getrieben zieht es seine Schlittschuhe vom Eis. Im nächsten Moment fliegt er über die Bande. Schmerzhaft landet er mit der Schulter voran zu Füßen seiner Gegenspieler. Mit spöttischen Blicken schauen diese von der Spielerbank auf ihn herab.

Derweil hat der Puck die Reise ins Drittel der Blizzards allein angetreten. Sein vorhandener Schwung war ausreichend, um seinen eingeschlagenen Weg entlang der Bande weiter fortzusetzen. Hinter dem Tor der Blizzards wird er bereits erwartet. Goalie Bailey hat sich hinter sein Torgehäuse begeben und stoppt den Puck. Mit erhobenem Blick überfliegt er das Spielfeld. Da er nicht in Bedrängnis gerät hat er die Möglichkeit, einen weiten Pass in Richtung eines Mitspielers zu schießen.

Mit dem erlangten Puckbesitz schalten die Blizzards sofort vom Verteidigungs- in den Angriffsmodus. Bailey atmet tief durch. Das Geschehen auf dem Eis richtet sich wieder auf die andere Seite des Spielfeldes.

Die Blizzards haben die Offensive übernommen. Mit Rotation und gezielten Pässen setzen sie sich im Drittel der Fire Hawks fest. Aber die Hausherren lassen sich nicht überrennen. Die Schussbahnen in Richtung des Tores werden immer wieder geschickt zugestellt. Alex Knight schlängelt sich in den Slot. Wild entschlossen versucht er, sich hier zu behaupten und dem Torwart die Sicht zu rauben. Sein Unterfangen ist nicht einfach. Von den Verteidigern der Fire Hawks wird er immer wieder schmerzhaft gestoßen und zur Seite gedrückt. Wie eine lästige Fliege am Tisch hält er jedoch stand und kommt immer wieder zurück. Der Puck befindet sich zwischenzeitlich auf Höhe der blauen Linie. Verteidiger Louie Toe kontrolliert diesen. Hinter dem Puck drückt er nun seine Kelle ins Eis. Der Schaft seines Schlägers drückt sich durch. Dann schiebt er die Kelle nach vorne. Wuchtig schießt der Puck in Richtung des Tores.
Louies gezielter Schuss hat eine Lücke entdeckt. Unaufhaltsam passiert die schwarze Hartgummischeibe die Spieler auf dem Eis.

Kloonk.

Mit einem lauten Knall kracht die Scheibe gegen die Latte des Torgehäuses. Ein Stöhnen hallt durch die Arena. Im nächsten Moment fällt die Scheibe zurück aufs Eis. Alex hechtet pfeilschnell herum. Aus der Drehung heraus erreicht er den Puck. Mit der Außenseite seiner Schlägerkelle schiebt er diesen direkt wieder aufs Tor.

Kloonk.

Abermals ein Knall. Dieses Mal hämmert die Scheibe gegen den linken Torpfosten. Erneut dröhnt ein Stöhnen durch die Arena. Die Fans der Gästemannschaft sehnen das Tor herbei. Lautstark befeuern sie ihre Mannschaft.
„Hinein, hinein, hinein…“

Fire Hawks Goalie Vodkasky ist mit seinen Schonern auf dem Eis. Er ist bestrebt, einen erneuten Einschussversuch zu unterbinden. Hektisch drückt er sich vom Eis ab, wirft sich nach vorne, um den Puck unter sich zu begraben. Parallel steuert auch Alex den Puck an, dessen Gefühl ihm sagt, dass ein Tor in der Luft liegt. So nah und doch so fern. Die Situation ereignet sich rasend schnell. Im Bruchteil einer Sekunde wirft auch er sich nach vorne. Seine rechte Hand, in der er den Schläger festhält, wirft er dabei in Richtung des Pucks. Hat er das Momentum auf seiner Seite? Ist er die benötigte Milli-Sekunde vor dem Goalie am Ziel?

Ein heftiger Schmerz reißt ihn aus seiner Konzentration. Verteidiger Nikolas Marry hechtet ebenfalls in Richtung des Spielgerätes. Als Verteidiger ist er darum bestrebt den Slot von gegnerischen Spielern zu reinigen. Der zum Puck hechtende Blizzard passt ihm hierbei gar nicht. Ohne mit der Wimper zu zucken, drückt er ihm wuchtig seinen Schläger in die Seite. In seinen Rippen durchfährt Alex ein stechender Schmerz. Er wird aus seiner ursprünglichen Flugbahn geworfen und knallt nun unkontrolliert mit der Schulter voran aufs Eis.

Im Gästefanblock wird die Szene mit Unmut verfolgt. Laute Schreie hallen durch die Arena.

Während der Goalie den Puck unter seiner Fanghand begräbt, reißt der Schiedsrichter schon seinen rechten Arm nach oben und greift zu seiner Trillerpfeife. Ein Pfiff ertönt.
Der brutale Stockcheck wird mit einer zweiminütigen Zeitstrafe geahndet.

Der junge Knight liegt noch immer auf dem Eis. Mit schmerzverzerrtem Gesicht versucht er, seine stechenden Rippen und die schmerzende Schulter zu entlasten. Auf dem Eis werden währenddessen noch einige *Nettigkeiten* ausgetauscht. Erbost von dem harten Foul wird der rüpelhafte Verteidiger von einigen Blizzard-Spielern konfrontiert.

Die Schiedsrichter konnten die Situation jedoch noch rechtzeitig erkennen. Mutig rücken sie an und stellen sich gegen die verhärteten Fronten aus roten und blauen Trikots. Bis auf provokantes Schubsen auf beiden Seiten bleibt es durch diesen Einsatz bei einer verbalen Auseinandersetzung.

Als sich das Gemenge nach kurzer Zeit auflöst, schafft es auch der angeschlagene Alex aus eigener Kraft wieder auf die Kufen. Langsam gleitet er in Richtung der Spielerbank. Mit tiefen Atemzügen zieht er die kalte Hallenluft in seine Lungen. Anerkennend klopfen seine auf der Spielerbank befindlichen Teamkameraden mit ihren Schlägern gegen die Bande. Das austretende Adrenalin vermag die Schmerzen zu übertünchen.

\- - -

Aaden Ramsey konnte die Spielsituation wieder nur hilflos von der Strafbank aus mitverfolgen.

Verärgert hämmert er mit seiner im Handschuh geballten Faust gegen die Plexiglasumrandung. Dann endlich öffnet sich die Türe. Der Weg zum Spielfeld ist endlich frei.
Beim Abpfiff ist die Spielzeit bei 37 Sekunden stehen geblieben. Seine große Zeitstrafe ist also endlich beendet. Erleichtert setzt er seinen ersten Schlittschuh aufs Eis. Beschwingt durchfährt seinen Körper dieses einzigartige Gefühl, über das Eis zu gleiten.

Sein Kontrahent des Fights zu Beginn des Drittels verlässt ebenfalls die Strafbank. Dessen Platz wird nun von Nikolas Marry eingenommen. Der Verteidiger muss die Strafe für seinen Stockcheck absitzen. Auf der Uhr des Videowürfels blinken die zwei Strafminuten auf.

Diesmal beabsichtigt der Schiedsrichter jedoch nicht sofort die Partie fortzuführen. Mit seinen Händen formt er ein Viereck in der Luft. Die zuvor ereignete Szene mit den beiden vermeintlichen Pfostentreffern der Blizzards soll nochmals im Videobeweis überprüft werden. Zügig verlassen die Referees das Eis in Richtung Videoraum.

Die Zuschauer in der Arena warten währenddessen gebannt auf die Rückkehr der Offiziellen.

Bereits nach wenigen Minuten sind die schwarzweiß gestreiften Uniformen der Schiedsrichter wieder auf dem Rückweg aus den Katakomben zu erkennen. Als der Hauptschiedsrichter das Eis betritt, ertönt ein Pfiff seiner Trillerpfeife. Im nächsten Moment reist er die Arme zur Seite. Die Überprüfung der Spielsituation scheint eindeutig zu sein. Der Puck hatte die Torlinie nicht überquert. Das Spiel wird entsprechend fortgesetzt. Der Spielstand beträgt weiterhin drei zu eins.

Schon begibt sich der Schiedsrichter ins Drittel der Fire Hawks. Das Powerplay der Blizzards beginnt. Fünf Blizzards gegen vier Hawks.

Als die beiden Mannschaften ihre Aufstellung eingenommen haben, fällt der Puck. Das Powerplay ist eröffnet. In den verbleibenden 37 Sekunden des zweiten Drittels scheitern die Blizzards jedoch daran, den Anschlusstreffer zu erzielen. Die Fire Hawks befreien sich nach wenigen Sekunden und schießen den Puck weit ins Drittel der Blizzards hinein. Die Spielzeit läuft gnadenlos herunter. Auch der nächste Aufbauversuch wird früh gestört und misslingt. Head Coach Kingsley legt unzufrieden die Stirn in Falten.

Mit einem lauten *Trööööt* erklingt die Sirene. Das zweite Drittel ist beendet.

Unter den Rufen der Fans begeben sich die Spieler auf den Bänken der beiden Mannschaften aufs Eis. Sie gleiten in Richtung der Katakomben, um zu ihren Kabinen zu gelangen. Hinter den Spielern marschieren auch die Coaches über die Eisfläche. Da diese keine Schlittschuhe tragen, versuchen sie, mit kleinen Schritten unbeschadet, die andere Seite zu erreichen.

Auf dem Videowürfel ist die Strafzeit mit Ablauf des Drittels bei einer Minute und 23 Sekunden stehen geblieben. Über der angezeigten Strafzeit prangt in großen Zahlen der aktuelle Spielstand von 3 zu 1.

Aaden erreicht die in die Bande eingelassene Türe. Mit einer kleinen Drehung seines Oberkörpers presst er die Kufe seines vorderen Schlittschuhes ins Eis. Im nächsten Moment verlässt er mit einem großen Schritt die

Spielfläche und marschiert über die Gummimatten weiter in Richtung der Katakomben. Seinen Schläger hält er in der linken Hand umklammert. In Gedanken vertieft hämmert er hin und wieder mit dem Schaft seines Schlägers gegen die Wand.
In der Kabine angekommen lässt sich Aaden auf seinen Platz fallen. Die Handschuhe schüttelt er von seinen Händen und nimmt den Helm vom Kopf. Mit einem tiefen Seufzer greift er nach der neben ihm stehenden Trinkflasche und nimmt einen großen Schluck. Im Anschluss spritzt er sich einen Schwall Wasser in sein Gesicht. Für einen kurzen Moment genießt er das Gefühl der erfrischenden und prickelnden Kälte. Anschließend wischt er mit dem Ärmel seines Trikots grob über sein Gesicht. Die schweißnassen Haare streicht er nach hinten, bevor er sich mit dem Hinterkopf an der Kabinenwand anlehnt. Er atmet tief aus.

Nach ein paar Minuten betritt nun auch wieder Head Coach Kingsley die Umkleidekabine. Augenblicklich schmilzt die Geräuschkulisse auf ein Minimum zusammen. Seine selbstbewusste und autoritäre Körpersprache signalisiert den Spielern klar, dass ihr Trainer etwas zu verkünden hat:

„Verteidigung? Wir sind viel zu konteranfällig.
Schnelles Umschaltspiel? Nicht zu erkennen.
Skaten – laufen, laufen, laufen? Viel zu wenig.
Blocks? Ausbaufähig.
Chancenverwertung? Ausbaufähig.
Kampfgeist? Immerhin gute Ansätze erkennbar.

Kurzum:
Zwanzig Minuten! Wir haben noch volle zwanzig Minuten.
Zwei Tore! Wir brauchen nur zwei blöde Tore!
Skaten! Fangt an zu laufen.
Zweikämpfe! Holt euch die Scheibe. Ohne Scheibe keine Tore!
Powerplay! Jetzt! Wir haben zu Beginn des Drittels gleich die Möglichkeit. Nutzt diese Chance. Nehmt ihnen das Selbstvertrauen.

Wer sind wir? **TELL ME**!
Wir sind Blizzards.
Tradition, **E**hre, **L**iebe, **L**eidenschaft, **M**otivation und **E**rfolg!!
Das ist unsere Identität. Prägt euch das ein.
Und dann, dann bläuen wir das diesen Vögeln ein!!

Geht da raus. Fegt durchs Stadion und holt euch den Sieg!!“

WIR SIND BLIZZARDS !!!

Begeisterte Rufe hallen durch die Kabine.
Vom Assistenztrainer folgen noch einzelne Analysen und Handlungsanweisungen für das anstehende Powerplay. Dann ertönt auch schon die Sirene, die den baldigen Beginn des letzten Drittels signalisiert.

Aaden nimmt seinen Helm von der Bank und setzt ihn wieder auf seinen Kopf. Dann schiebt er sich die Handschuhe über seine Hände. Motiviert springt er von der Bank und bewegt sich strammen Schrittes in Richtung des Ausgangs. Seine Teamkameraden tun es ihm gleich. Im Eingangsbereich greift er energisch nach seinem Schläger. Krachend schlägt er mit dem Schaft gegen die Decke und klopft dem nahegelegenen Torhüter Bailey auf die Schulter. Zusammen mit seinem Team marschiert er in Richtung der Arena. Sein ganzer Fokus liegt auf den verbleibenden zwanzig Minuten Spielzeit.

Drittes Drittel

Die Stimmung in der Arena ist mit dem Ende der Pausenzeit bereits wieder aufgeheizt. Laute Rufe hallen durch die Arena.
Mit einer lauten Begrüßung durch den Stadionsprecher kommen zuerst die Fire Hawks aufs Eis. Wenige Sekunden später erreichen auch die Blizzards die Eisfläche. Stürmisch betreten die Spieler das Eis. In großen Bögen gleiten sie über die frisch aufbereitete Eisfläche. Goalie Bailey nimmt seine Position im Tor ein. Für besseren Grip, während des Spiels, schabt er mit kleinen Skatebewegungen das glatte Eis vor seinem Torgehäuse auf. Zufrieden begutachtet er sein Werk, bevor er mit seinem Schläger das abgeschabte Eis zur Seite schiebt.
Aaden gleitet währenddessen über die Spielfläche. Bereitwillig nimmt er die Atmosphäre des Stadions in sich auf. Sein Blick schweift zum Videowürfel. Die Pausenzeit läuft zügig herunter. Noch stehen 12 Sekunden auf der Anzeigetafel. Über der Pausenzeit sticht ihm der Spielstand in die Augen – 3:1 – da müssen sie noch einiges

aufholen und viele Dinge in diesem Drittel besser machen.
Sein Blick schweift weiter zu den Strafzeiten. Das verbliebene Powerplay steht bei einer Minute und 23 Sekunden.

Auf der anderen Spielfeldseite nimmt Verteidiger Nikolas Marry gerade wieder seinen Platz in der Kühlbox ein.
Auf dem Eis wird es lichter. Bis auf die Überzahlformation der Blizzards und die Unterzahlformation der Fire Hawks haben die Spieler beider Mannschaften ihren Platz auf den Mannschaftsbänken eingenommen.
Auch die Coaches haben sich auf den Mannschaftsbänken eingefunden.
Der Schiedsrichter steht am mittleren Bullypunkt des Spielfeldes bereit, um das Drittel zu eröffnen. Mit dem Kopf in den Nacken gedrückt blickt er zu dem über ihm befindlichen Videowürfel auf.
Drei Sekunden, zwei Sekunden, eine Sekunde – Trööööt!

Die zweite Drittelpause ist beendet. Es kann weitergehen.
In einem letzten Bogen gleitet Aaden auf seinen Goalie zu. Während er Bailey motivierend zunickt, boxt er ihm bekräftigend mit seinem

Schläger gegen die Beinschiene. Dann nimmt er für das Anspiel seinen Platz am Bullypunkt ein.
Fokussiert ist seine Konzentration auf den in der Hand des Schiedsrichters befindlichen Puck gerichtet. Auch sein Gegenüber starrt angespannt auf den Puck.
Endlich ist es so weit. In der Hand des Schiedsrichters nimmt er eine leichte Bewegung wahr. Die Finger der Hand öffnen sich. Die schwarze Hartgummischeibe gleitet durch die Finger. Von der Schwerkraft getrieben, zieht es das Spielgerät in Richtung des Eises.

Pfeilschnell zischen die Schläger der beiden Center nach vorne. Noch bevor der Puck die gefrorene Spielfläche erreicht, wird er frontal von einer Schlägerkelle getroffen. Aadens Versuch war missglückt. Da er den Puck zu früh erwischt, bekommt er die Kelle nicht mehr richtig hinter das Spielgerät. Ungewollt unterstützend für seinen Gegenspieler hat er den Puck damit zu dessen Mitspielern befördert.
Mit dem Bully entsteht auf dem Eis sofort wieder Bewegung. Dynamisch steigen die Spieler beider Mannschaften ins Geschehen ein. Den Puck nimmt ein Verteidiger der Fire Hawks direkt auf. Mit ein paar gekonnten Schritten bewegt er sich zurück ins eigene Drittel. Die Scheibe schiebt er

dabei mit seiner Kelle kontrolliert vor sich her. Kurz bevor ihn einer seiner Gegenspieler erreichen kann, schiebt er die Scheibe in einem hohen Bogen in Richtung des Drittels der Blizzards hinaus. Zufrieden damit, dass er den Puck erst einmal aus der Gefahrenzone bringen konnte, wirft er einen schnellen Blick auf den Videowürfel. Weitere zehn Sekunden konnte er von der verbliebenen Strafzeit seines Teamkollegen wieder von der Uhr nehmen. Während die beiden auf dem Feld befindlichen Hawks-Stürmer ins *Forechecking*[14] gehen und versuchen, den Aufbau der Blizzards zu stören, nehmen die Hawks-Verteidiger auf Höhe der eigenen blauen Linie ihre Positionen ein.

Auf der anderen Seite des Feldes ist Goalie Bailey hinter sein Torgehäuse gefahren. Mit seiner Schlägerkelle stoppt er den Puck, der in sein Drittel geflogen kam und sich entlang der Bande einen Weg hinter das Torgehäuse bahnte. Den Puck hält er an seiner Schlägerkelle gefangen, bis eine sichere Übergabe an einen

---

[14] Forechecking bezeichnet das frühzeitige Stören bzw. Bekämpfen des gegnerischen Angriffs bzw. Angriffsversuchs schon in der gegnerischen Hälfte bzw. Drittel. Quelle: https://de.wikipedia.org/wiki/Forechecking#:~:text=Forechecking%20%28Englisch%29%2C%20Pressing%20oder%20deutsch%20Angriffsverteidigung%2C%20ist%20eine,fr%C3%BChzeitige%20St%C3%B6ren%20bzw.%20Bek%C3%A4mpfen%20des%20gegnerischen%20Angriffs%20bzw, Stand 12.06.2022

seiner Teamkameraden gewährleistet ist. Lange muss er darauf nicht warten. Ragna Rogen kommt in einem schnellen Bogen hinter das Tor gefahren. Bailey gibt die Scheibe frei und begibt sich wieder auf den Weg vor sein Tor. Ragna stoppt seine Bewegung ruckartig hinter dem Torgehäuse und schnappt sich die auf dem Eis ruhende Scheibe. Mit ein paar kurzen Bewegungen seiner Kelle übernimmt er die Kontrolle über das Spielgerät. Währenddessen scannt er das Spielfeld. Die im Forechecking befindlichen Fire Hawks nähern sich zielstrebig. Seine Teamkameraden begeben sich parallel in den Aufbau. Diese sind mit zurückgekommen und schlagen nun jeweils einen Bogen ein. Mit einer kurzen Körpertäuschung lässt Ragna den ersten der herannahenden Gegenspieler ins Leere laufen. Im nächsten Moment tritt er mit einem schnellen Schritt hinter dem Tor hervor und schiebt die schwarze Hartgummischeibe mit einem kräftigen Pass zu seinem Mitspieler.

Klaaak.

Wuchtig knallt die Scheibe gegen Aadens Schlägerkelle. Mit einer gefühlvollen Bewegung seines schräggestellten Schlägers fährt er diesen zurück. Durch die gekonnte Bewegung prallt die kraftvolle Scheibe nicht wieder ab, sondern lässt sich kontrollieren. Aaden nimmt sofort Fahrt auf. Seine bereits eingeleitete Vorwärtsbewegung führt er temporeich fort. Schnell passiert er die blaue Linie und nähert sich den gegnerischen Verteidigern. Deren Aufmerksamkeit zieht er dabei auf sich. Rund zwei Meter vor dem Angriffsdrittel chippt er die Scheibe wieder zurück. In seinem Schatten rauscht Jaeson heran. Er schnappt sich das Spielgerät. Während Aaden nach rechts driftend entlang der Drittellinie gleitet, führt Jaesons Weg über die linke Feldseite. Ungehindert fährt Jaeson in das Drittel hinein. Die Verteidiger der Hawks eilen zurück. Als er die Hälfte des Angriffsdrittels passiert hat, presst Jaeson die Kufe seines linken Schlittschuhes in die Spielfläche. Abgeschabtes Eis spritzt unter seinen Kufen hervor.

Nachdem Jaeson das Angriffsdrittel betreten hat, ist auch Aaden direkt eingefahren. Einer der Linienrichter reißt die Arme bestätigend zur Seite – kein Abseits. Durch seinen eingelegten Hockeystopp kam Jaeson ruckartig zum Stillstand. Den Oberkörper in Richtung des Spielfeldes gerichtet scannt er die Eisfläche. Die Fire Hawks schließen den Slot. Vor dem Tor findet sich keine passende Anspielstation. Die Stürmer der Fire Hawks sind auch zurück. Dicht gefolgt von den Verteidigern der Blizzards füllt sich nun die Fläche im Drittel. Als dritter Stürmer ist Alex dabei. Angestachelt von den zuvor erlebten frustrierenden Ereignissen ist er wild entschlossen, sich vor dem Tor zu behaupten.

Jaeson schiebt die Scheibe weiterhin vor sich her. Noch immer eröffnet sich keine perfekte Anspielstation. Bevor er in Bedrängnis gerät, schiebt er die Scheibe in Richtung der Bande. Wie in Schienen geführt rauscht der schwarze Hartgummizug entlang der Spielfeldbande. Erste Station Torlinie. Schnell überquert. Zweite Station hinter dem Torgehäuse. Auch dort kein Halten. Dritte Station Torlinie auf der rechten Spielfeldseite. Endstation! Die Scheibe erreicht Aaden. Schnell drückt er seine Schlägerkelle gegen die Bande. Der schwarze Puck knallt dagegen. Mit einem leichten Aufbäumen hebt es die massige Scheibe vom Eis. Nach einem kurzen Zittern kommt sie aber wieder zum Erliegen. Aaden kann das Spielgerät kontrollieren. Seinen Körper stellt er zwischen die Scheibe und den auf ihn heranstürmenden Hawks-Verteidiger Thore Thöben. Seine Rumpfmuskulatur steht unter Spannung. Von den Crosschecks seines Gegenspielers will er sich nicht beeindrucken lassen. Im nächsten Moment chippt er die Scheibe zurück zur blauen Linie.

Verteidiger Louie Toe ist bereits passend positioniert und nimmt die herannahende Scheibe in Empfang. Seinen Schläger reißt er dabei nach oben, um ihn im nächsten Moment wieder in Richtung des Eises ziehen zu lassen.

Wumms.

Sein Schlagschuss erreicht die Scheibe. Unverzüglich schießt diese in die entgegengesetzte Richtung davon. Ziel seines Schusses ist aber nicht das gegnerische Tor. Im Augenwinkel hat er den freien Passweg zu Jaeson ausgemacht. Der Stürmer ist ein paar schnelle Schritte nach vorne gefahren und erwartet aufgeregt das herannahende Spielgerät. Auch er reißt seinen Schläger nach oben. Der schräg auf ihn herannahende Puck passt genau. Mit einem knallharten Schlagschuss hämmert er die Hartgummischeibe in Richtung des Tores. Seine den Schläger umfassenden Arme reißt er dabei nach vorne. Der Puck wird vom Eis gerissen. Stetig steigend rauscht er in Richtung des Torgehäuses.

Wuuusch.

Im Gästefanblock ertönt lauter Jubel. Tor? Tooooor! Der Schlagschuss ist perfekt platziert. Der Einschlag im linken Lattenkreuz des Tores war für Goalie Vodkasky unaufhaltbar. Der mit Wucht herannahende Puck ließ sich letztlich nur noch vom Innennetz des Tores stoppen. Nun reißt auch der Schiedsrichter seinen rechten Arm nach vorne. Mit ausgestreckten Fingern deutet er auf das Torgehäuse. Der Treffer ist unstrittig. Das Tor zählt.
Jaeson wirft die Arme nach oben. Hocherfreut über seinen Treffer schreit er seine Anspannung heraus. Schnell erreichen ihn auch seine Teamkameraden der Powerplayformation. Begeistert drücken sie den erfolgreichen Torschützen an sich. Die Hoffnung lebt. Der wichtige Anschlusstreffer ist geschafft.

Während formal und trocken die Tordurchsage des Stadionsprechers ertönt, ist Jaeson auf dem Weg zur Spielerbank. Mit vorgehaltenem Arm klatscht er lässig und routiniert die Hände seiner in Reihe stehenden Teamkameraden ab.
„Damit der neue Spielstand 3 zu 2. Auf geht`s Fire Hawks, kämpfen!“, hallt es durch die Arena.

Im selben Moment öffnet sich auf der anderen Spielfeldseite die Strafbanktüre. Durch den

Treffer ist die ausgesprochene Strafe erloschen. Verärgert betritt Nikolas Marry nun wieder die Eisfläche. Auch er begibt sich in Richtung seiner Mannschaftsbank.

Mit dem Treffer ist die Uhr des Videowürfels bei 18 Minuten und 44 Sekunden stehen geblieben.
Nachdem der Schiedsrichter die formalen Angaben zum Treffer festgehalten hat, ist er in gewohnter Manier wieder auf dem Weg zum Mittelbullykreis. Den beiden Teams signalisiert er mit erhobenem Puck, dass er die Begegnung fortsetzen möchte.
Durch die erloschene Strafzeit wird die Partie wieder mit fünf gegen fünf Feldspielern fortgesetzt. Die Coaches schicken ihre nächsten Formationen aufs Eis.

Die Sturmpartner Aaden, Alex und Jaeson lassen sich derweil auf die Spielerbank fallen. Während Aaden seinem Sturmpartner Jaeson noch beglückwünschend auf die Schulter klopft, greift dieser bereits durstig nach einer Trinkflasche. Diese sind entlang der Spielerbank in eine Halterung an der Rückseite der Spielfeldbande eingelassen.
Mit einem kräftigen Druck seiner Hand auf den Flaschenkörper spritzt er sich einen großen

Schwall des kalten Wassers in seine Kehle. Gierig nimmt er einen kräftigen Schluck. Ein zweiter folgt. Zuletzt spritzt er sich die erfrischend kalte Flüssigkeit in sein Gesicht.
Während er mit dem Ärmel seines Trikots die Nässe grob aus seinem Gesicht wischt, verfolgt er aus dem Augenwinkel den aus der Hand des Schiedsrichters, in Richtung des Eises, fallenden Puck.

Die Fire Hawks konnten das Bully für sich entscheiden. Sie sind wild entschlossen das Spiel nicht aus der Hand zu geben. Nach einem gekonnten Doppelpass erspielen sie den schnellen Eintritt in die Verteidigungszone der Blizzards. Stürmer Cannon Belt passiert die blaue Linie. Den Puck treibt er gekonnt vor sich her. Mit seinem massigen Oberkörper schirmt er diesen dabei von seinen Gegenspielern ab.

Verärgert über die unzureichende Verteidigung seiner Teamkameraden, die den schnellen Vorstoß der Fire Hawks ermöglichten, verkrampft Jaeson seine Faust. Ungewollt presst er dabei den noch immer in seiner Hand befindlichen Flaschenkörper zusammen. Eine stattliche Wasserfontäne schießt in die Höhe. Als das Wasser von den Grundlagen der Physik – dem

Gesetz der Schwerkraft – Gebrauch macht, fällt ein kalter Regen über den nahegelegenen Spielern herab.

Auf dem Eis bewegt sich der Puck währenddessen weiterhin in den Reihen der Fire Hawks. Gekonnt haben sich diese im Drittel der Blizzards aufgebaut. Die beiden Verteidiger sichern die blaue Linie. Die drei Stürmer sind im Drittel mitten im Spielgeschehen. Der Puck rauscht über das Eis. Mehrere Schlägerkellen passiert er bei seiner Reise. Auf Höhe der Torlinie wird er nun von einem Stürmer der Hawks zurück an die blaue Linie geschickt. Der Adressat sieht die schwarze Scheibe kommen. Der betroffene Hawks-Verteidiger reißt seine Schlägerkelle nach oben. In klassischer *Blueliner-Manier*[15] hämmert er das Spielgerät gewaltsam auf den Kasten von Blizzards Goalie Bailey. Den Puck reißt es vom Eis. Mit brachialer Gewalt bahnt er sich seinen Weg.
Bailey sieht den Puck im letzten Moment noch kommen. Flink stößt er instinktiv seinen Schläger nach vorne.
Ein lauter Klonk-Laut ertönt. Der harte Aufprall des Pucks reißt den Schläger aus Baileys Hand. Gemeinsam fallen die beiden aufs Eis.

---

[15] Effiziente Schlagschüsse von der blauen Linie.

Der freiliegende Puck präsentiert sich verführerisch den nahestehenden Feldspielern. Mit gierigen Blicken werden diese von dem Spielgerät angezogen. Von der Anziehung getrieben stochern die Spieler mit ihren Schlägern in Richtung der schwarzen Hartgummischeibe.
Aber auch Bailey ist noch im Spiel. Pfeilschnell lässt sich der Goalie nach vorne fallen und schwingt seinen Fanghandschuh über das Spielgerät. Den Handschuh drückt er dabei fest aufs Eis; um den Puck sicher darin eingeschlossen zu halten.

Faaatz. Wusch.

Stechende Schmerzen durchzucken Baileys Hand. Diverse Schlägerkellen brettern auf seinen Fanghandschuh herab und versuchen, den Puck freizulegen. Zähneknirschend hält der Goalie seine Körperspannung aufrecht und zischt seinen Widersachern verärgert entgegen: „Verzieht euch ihr Vögel!“

Endlich ertönt der Pfiff des Schiedsrichters. Das Spiel ist unterbrochen.

Klack. Ein weiterer Schlag auf die Fanghand folgt. Der Goalie wird offensichtlich von einem Gegenspieler provoziert.
Bailey ist aber nicht allein. Auch seine Teamkameraden der aktuellen Spielformation um Stürmer Odin Dagroll, sind dem Goalie zur Hilfe geeilt. Energisch werden die ersten Stöße gegen die nahestehenden und auf Bailey einstechenden Gegenspieler gesetzt. Um den Torraum vor den unerwünschten *Vögeln* in roten Trikots zu räumen, werden die Stöße schnell ruppiger. Mit den Hockeysticks voran, verwandeln sich diese in wuchtige Checks. Da sich jedoch auch die Spieler der Fire Hawks nicht tatenlos verdrängen lassen wollen, scheint die Situation einen Kipppunkt zu erreichen. Mehrere Spieler drängen sich in dem kleinen Torraum. Ergänzend zu den wuchtigen Checks entsteht auch sofort eine verbale Auseinandersetzung. Wüste Beschimpfungen fallen auf beiden Seiten. Dann ist es so weit. Wie nicht anders zu erwarten, eskaliert die Situation. Die ersten Fäuste fliegen durch die Luft. Krachend sausen sie in den Spielerpulk hinein.

\- - -

Mit dem Abpfiff der Spielsituation haben sich auch die Offiziellen in Richtung des Tores begeben. Die eskalierende Situation konnten sie mit ihrem Eingreifen jedoch nicht rechtzeitig beschwichtigen. Nun haben sie allerhand voll zu tun. Mutig drücken sie sich diesmal zwischen den wütenden Spielermob.

In der Arena herrscht währenddessen Hochstimmung. Begeistert verfolgen die Fanlager das Geschehen auf dem Eis. Bestätigende Zurufe heizen die Stimmung auf der Spielfläche weiter an.

Bailey liegt noch immer am Boden. Dabei ist er auf seine Knie und Arme gestützt. Gereizt versucht er, sich langsam aufzurichten. Das vermeintlich einfache Vorhaben wird jedoch stetig gestört. Immer wieder knallt einer der Spieler des um ihn herum gebildeten Pulks in seine Seite.

Zaack.

Der nächste Schlag erwischt ihn. Der wuchtige Oberkörperpanzer seiner Ausrüstung fängt die Stöße problemlos ab. Dieser ist für ganz andere Kräfte konzipiert und soll im Endeffekt den Körper von brachial entfesselten Puck-Einschlägen

schützen. Seine innere Verärgerung über das respektlose Verhalten wiegt jedoch höher als eventuelle physische Schmerzen. Mit dem nächsten Stoß reist auch sein Geduldsfaden. Mit Schwung stößt er seine Arme von der Eisfläche ab und katapultiert seinen Oberkörper nach oben. Seinen Hockeystick hält er ohnehin nicht mehr in der Hand. Auf Knien sitzend orientiert er sich zügig in dem Tumult.
Als nächstes erkennt er ein mit einem flammenden Falken bedrucktes rotes Trikot auf ihn zukommen. Mit einem kleinen Satz springt der Goalie zurück auf seine Kufen. Die halbe Sekunde seiner Aktion reicht aus um rechtzeitig zu stehen und parallel direkt mit beiden Armen voran das erkannte Trikot wegzustoßen. Ein schneller weiterer Hieb seiner Fanghand hält den Gegenspieler auf Abstand.

\- - -

Erst nach einigen Minuten schaffen es die Schiedsrichter, das Gerangel aufzulösen. Die meisten der beteiligten Akteure haben sich zu ihren Spielerbänken zurückgezogen. Einzelne sind noch damit beschäftigt ihre Ausrüstungsgegenstände vom Eis aufzulesen. Auch Bailey ist an die Bande der Spielerbank gefahren. Seinen Helm hat er nach oben geschoben. Dieser sitzt wie ein Hut auf seinem Kopf. Entspannt lehnt er sich gegen die Bande und spritzt sich mit einer Wasserflasche das erfrischende Nass in sein Gesicht.

Die Schiedsrichter sind währenddessen zusammengekommen. Aufgestellt in einem kleinen Kreis besprechen sie die vergangene Situation miteinander. Nach einiger Zeit ist ein Kopfnicken erkennbar, sie sind zu einer Entscheidung gekommen. Einer der Referees löst sich aus dem Kreis. Er begibt sich zur Zeitnahme und dem Stadionsprecher. Mit kurzen Anweisungen erläutert er das ausgesprochene Strafmaß.

Die Zuschauer starren gespannt auf den Videowürfel. Dort müssten in Kürze die ausgesprochenen Strafen erscheinen. Noch bevor auf dem Videowürfel die Trikotnummern der beteiligten Spieler erscheinen, klingt aber bereits die Stimme des Stadionsprechers durch die Arena.
Auf Seiten der Fire Hawks werden Strafen gegen zwei Spieler ausgesprochen. Zwei Stürmer erhalten jeweils zwei Minuten. Einer für einen *Stockcheck* und der andere für *unnötige Härte*.

Nun wendet sich der Stadionsprecher den Blizzards zu. Erste Strafe wegen *unnötiger Härte*. Zweite Strafe wegen *unnötiger Härte.*
„Und die Nummer 23 Bailey Basen, zwei Minuten wegen unnötiger Härte. Bitte einen Ersatzmann für den Goalie auf die Strafbank. Die ersten zwei Strafen beider Teams heben sich auf. Weiter geht es somit im Powerplay fünf gegen vier für die Fire Hawks. Aus geht`s Hawks!!“, dröhnt es aus den Lautsprecherboxen.

Nach dieser Botschaft stimmen die Fans der Heimmannschaft zufrieden in ihre Gesänge ein. Trommelschläge ertönen und ruckartig herrscht trotz der langen Beratungsunterbrechung wieder laute Stimmung in der Arena.

Bailey knallt hingegen während der Durchsage verärgert seinen Hockeystick gegen die Bande. Wird ihm jetzt allen Ernstes eine Strafe aufgebrummt!? Wütend flucht er vor sich hin, während er zu seinem Torgehäuse zurückkehrt. „Unnötige Härte? Von wegen unnötig! Die war ganz bestimmt nicht unnötig!!“
Als Ersatzmann wird Alex Knight in die Kühlbox geordert. Er soll die Strafe für seinen Teamkameraden auf der Torwartposition absitzen. Mit gesenktem Kopf fährt Alex zur

Strafbank. Zügig tritt er über die Stufe der in die Bande eingelassenen Türe und lässt sich auf die hölzerne Bank fallen. Tief ausatmend greift er nach der dort platzierten Trinkflasche und nimmt einen kräftigen Schluck.

Auf dem Videowürfel prangt die Spielzeit bei 13 Minuten und 42 Sekunden. Der Abpfiff des Schiedsrichters liegt zwar schon einige Minuten zurück, dies hat hierauf jedoch keinen Einfluss.

Nachdem der Hauptschiedsrichter, den auf dem Eis schon fast in Vergessenheit geratenen Puck aufgelesen hat, fährt er in seiner üblichen Manier zum geplanten Bullypunkt. Durch die bestehende Unterzahlsituation soll das Bully im Drittel der Blizzards erfolgen.

Die Teams schicken ihre Specialteams aufs Eis. Coach Kingsley setzt hierbei auf seine bewährte erste Reihe. Aaden Ramsey und Jaeson Ramp betreten die Eisfläche. Begleitet werden sie von den beiden Verteidigern Ragna Rogen und Louie Toe.
Seitens der Fire Hawks folgt ebenfalls die erste Specialteam-Powerplayformation. Diese besteht aus vier Stürmern und einem Verteidiger.

Aaden fährt zum Anspiel. Linkerhand zum Schiedsrichter presst er seine Kufen in das Eis und kommt zum Stillstand. In gewohnt lässiger Manier stützt er sich mit seinem Hockeyschläger auf seinen Knien ab, während er sein Gegenüber mit einem eisigen Blick fixiert.

Der Puck fällt. Das Powerplay ist eröffnet. Die Spielzeit beginnt zu laufen.
Aaden kann das erste Bully für sich entscheiden. Die schwarze Hartgummischeibe rutscht durch seine Beine in Richtung seiner Teamkameraden. Ragna erreicht die Scheibe zuerst. Nachdem er diese mit ein paar schnellen Schritten hinter das Tor geführt hat, schickt er das Spielgerät mit einem kräftigen Handgelenkschuss auf die Reise. Bei seinem Schusswinkel achtet er darauf, dass kein Gegenspieler die Chance erhält, die Scheibe abzufangen und im Drittel zu halten. Das Vorhaben glückt. Zügig flitzt der Hartgummi über das Feld und prallt schon nach wenigen Sekunden nahe dem Tor der Fire Hawks in die Bande.

Leichter Beifall ertönt auf den Rängen des Gästeblockes. Die ersten wichtigen Sekunden der Strafzeit konnten gefahrlos heruntergespielt werden.

Während die Fire Hawks gebündelt zurückfahren, um ihren Angriffsspielzug aufzubauen, setzen auch bereits Aadon und Jaeson nach. Der Job der beiden ist es den geregelten Aufbau des Gegners frühzeitig zu stören. Die beiden Verteidiger des Teams bleiben hingegen auf Höhe der blauen Linie zurück und machen sich für den nächsten Angriff bereit.

Kurzfristig geht der Plan auf. Jaeson behindert einen Aufbaupass und ergattert den Puck. Mit einem beherzten Schuss befördert er das Spielgerät erneut zurück in das Drittel der Fire Hawks. Währenddessen läuft die Strafzeit auf dem Videowürfel erbarmungslos herunter.

Im Gästeblock wird sein Eingreifen von den Fans gefeiert.
„Kämpfen und Siegen", schallt es durch die Arena.

Aus dem Augenwinkel wirft er einen schnellen Blick in Richtung des Videowürfels. Die Spielzeit steht bei 12 Minuten und 37 Sekunden. Bereits die Hälfte der Strafzeit ist abgelaufen. Schnellen Schrittes gleitet Jaeson in Richtung der Spielerbank. Bis die Fire Hawks den nächsten

Spielaufbau in ihrem Drittel starten, reicht die Zeit aus, um frisches Personal aufs Eis zu bekommen. Die vier Feldspieler erreichen kurz nacheinander die Spielerbank. Während sie durch die beiden in die Bande eingelassenen Türen die Eisfläche verlassen, springen parallel die Spieler der zweiten Unterzahlformation direkt über die Bande aufs Eis. Zielstrebig breiten sie sich auf dem Feld aus.

Die Fire Hawks haben währenddessen ihren erneuten Angriff begonnen. Mit einigen schnellen Pässen arbeiten sie sich zielstrebig nach vorn.
Kurz vor der Zone der Blizzards erreicht Stürmer Franklin Hanson ein schnell gespielter Pass. Beherzt schnappt er sich die Scheibe und fährt ungehindert ins Drittel der Blizzards.

Die Hände des Schiedsrichters zeigen zur Seite. Kein Abseits. Das Spiel läuft weiter.

Nachfolgend passieren weitere Mitspieler die blaue Linie, die den Beginn der Verteidigungszone der Blizzards anzeigt. Hanson gleitet mit einigen schnellen Schritten entlang der Bande. Erst als er durch einen Gegenspieler in Bedrängnis gerät, chippt er die schwarze Hartgummischeibe zurück zur blauen Linie. Sein

Mitspieler Thore Thöben nimmt diese erwartungsvoll in Empfang. Die Powerplayformation der Fire Hawks steht stabil im Drittel.

Goalie Bailey beobachtet aufmerksam das sich vor ihm abspielende Treiben auf dem Eis. Die Position des Pucks behält er dabei fest im Blick. Auf jede Veränderung reagiert er sofort. Mit seinem Körper deckt er das Tor gekonnt ab. Für jede anfallende Schussposition platziert er sich neu, um denkbare Einschusswinkel und -lücken gar nicht erst aufkommen zu lassen.

Wuuusch.

Ein erster Schlagschuss rast auf ihn zu. Im Bruchteil einer Sekunde rutscht er auf seine Knie. Mit einem dumpfen Knall prallt das Geschoss von seinem Schoner ab.

Puuffffffff.

Der Puck strauchelt zurück ins Drittel. Mehrere Spieler beider Mannschaften hechten darauf zu. Alle verfolgen das gleiche Ziel. Sie wollen den Puck unter ihre Kontrolle bringen. Goalie Bailey

springt währenddessen bereits zurück auf seine Kufen.
Das Duell um den Puck entscheidet Stürmer Hanson für sich. Als Erster erreicht er die Scheibe. Mit seinem massigen Oberkörper deckt er diese vor seinen Gegenspielern ab. Ein Klopfen klingt an sein Ohr. Das Klackern eines Schlägers auf dem Eis signalisiert ihm eine Anspielstation. Mit einem *No-look-Pass*[16] schiebt er die Scheibe mit der Rückseite seiner Schlägerkelle über das Eis.
Die klackernde Schlägerkelle gehört seinem Sturmpartner Cannon Belt. Cannon konnte sich an der Abwehr vorbeimogeln und steht ungedeckt in guter Einschussposition vor dem Tor.
Der Pass erreicht sein Ziel. Cannon nimmt die Scheibe dankend an. Ohne lange zu fackeln, schießt er den Hartgummi mit einem satten Handgelenkschuss auf das Tor.

- - -

Goalie Bailey verfolgte währenddessen aufmerksam das sich vor ihm abspielende Schauspiel. Fokussiert folgte sein Blick dabei auch dem No-look-Pass. Als er diesen erkannte,

---

[16] Gespielter Pass, bei dem sich der angespielte Spieler nicht im Sichtfeld des Passgebers befindet

schnellte er fließend auf die andere Seite des Tores. Den freistehenden Gegenspieler nimmt er nur noch aus dem Augenwinkel wahr, als er instinktiv – noch in der Fahrbewegung – seine Stockhand nach oben reißt. In Manier einer zuschnappenden Schlange rauscht sein Arm nach oben.

Wuuussch.

Der abgefeuerte Puck knallt gegen den Schoner der Stockhand, um anschließend abgefälscht über das Tor hinweg in das an der Spielfeldbande gespannte Fangnetz zu krachen.

Durch die Arena hallt ein lautes Stöhnen. Der Zwei-Tore-Vorsprung für die Heimmannschaft war zum Greifen nah. Cannon hatte das Tor bereits auf der Kelle liegen.

Aus der Trillerpfeife des Schiedsrichters ertönt das bekannte Signal. Mit seinem Pfiff unterbricht er das Spiel. Es wird ein Bully im Drittel der Blizzards geben. Die Spielzeit auf dem Videowürfel ist bei 11 Minuten und 59 Sekunden stehen geblieben. Von der laufenden zweiminütigen Zeitstrafe sind lediglich noch 17 Sekunden übrig.

Die Unterbrechung wird von den Mannschaften erneut genutzt, um ausgeruhtes Personal aufs Eis zu bekommen. Coach Kingsley schickt seine erste Unterzahlformation zurück ins Spielgeschehen.

Aaden steigt durch die in die Spielfeldbande eingelassene Türe zurück auf das Eis. Ein leises Knirschen ertönt unter seinen Füßen, während die Kufen seiner Schlittschuhe über das Eis schneiden. Seine Mannschaftskameraden folgen ihm zielstrebig.

Im Drittel der Blizzards steht der Schiedsrichter am rechten Bullypunkt parat. Das runde schwarze Spielgerät hält er fest in seiner Hand umschlossen. Die beiden Mannschaften nehmen ihre Positionen ein. Aaden gleitet auf den kleinen Kreis zu, der den Bullypunkt markiert.

In gewohnter Manier checkt der Schiedsrichter ein weiteres Mal, ob die Torhüter bereit sind und die Feldspieler die korrekten Positionen eingenommen haben. Da alles zu seiner Zufriedenheit erfüllt ist, widmet er sich dem Bully. Der Puck fällt und mit ihm startet wieder die Uhr.

Aaden pirscht nach vorne. Den fest mit den Händen umklammerten Schläger jagt er in Richtung des Spielgerätes. Doch sein Gegenüber verfolgt natürlich das gleiche Ziel. Um Haaresbreite verfehlt er den auf dem Eis vibrierenden Puck. Dieser wurde bereits in Richtung der Fire-Hawks-Defensive geschleudert. Sofort entsteht auf der glatten Spielfläche wieder Bewegung. Die im Angriff befindlichen Fire Hawks besetzen die Außenbahnen und bauen ihre Überzahlformation auf.

In die Defensive gezwungen, formieren die Blizzards ein großzügiges Quadrat vor ihrem eigenen Torgehäuse. Systematisch bricht jeweils der Spieler aus der Formation aus, der dem Puck am nächsten ist und setzt dabei den Puck führenden Gegenspieler unter Druck.

Die Scheibe läuft jedoch gut. Flüssig flitzt sie mehrere Passstationen passierend über das Eis. Von der blauen Linie bahnt sie sich ihren Weg zum rechten der beiden im Drittel befindlichen Bullypunkte. Kaum hat das Spielgerät sein Ziel erreicht, wird es im nächsten Moment schon wieder zurückgespielt.

Wummms.

Ein Schlagschuss folgt. Drückend rauscht der Puck in Richtung des Torgehäuses.

\- - -

Alex verfolgt währenddessen angespannt das Spielgeschehen. Da er noch immer in der Kühlbox eingesperrt ist, bleibt ihm auch kaum etwas anderes übrig, als zuzusehen. Mitfühlend mit seinen in Unterzahl kämpfenden Teamkameraden bangt er dem Ablauf der Strafzeit entgegen. Ein Blick auf den Videowürfel stimmt ihn hierbei etwas optimistischer. Die Strafzeit läuft nahtlos dem Ende entgegen. *Sieben Sekunden… sechs Sekunden…*

Um schnellstmöglich als Unterstützung zu seinem Team zu stoßen, erhebt er sich von der Strafbank. Mit dem Gesicht klebt er bereits an der Scheibe der Spielfeldbande.

Sein Blick schweift zwischen Videowürfel und Spielgeschehen hin und her:

Videowürfel: Vier Sekunden, drei Sekunden…

Spielfeld: Der Puck flitzt über das Eis auf den Fire-Hawks-Verteidiger Thore Thöben zu.

Videowürfel: Zwei Sekunden …

Spielfeld: Thore erwischt die Hartgummischeibe mit seinem

Schlagschuss perfekt. Der schwarze Hartgummi rauscht gnadenlos auf Baileys Torgehäuse zu.

Videowürfel: Eine Sekunde …

Rasant bahnt sich das Gummigeschoss seinen Weg. Der erste Gegenspieler ist bereits passiert. Auch der zweite Gegenspieler bleibt unberührt im *Rückspiegel*. Damit ist kein Feldspieler mehr zwischen Puck und Tor zu erkennen.

- - -

Durch das vor ihm herrschende Treiben fehlt Goalie Bailey der kontinuierliche Blickkontakt zum Puck. Immer wieder verschwindet der schwarze Kreis hinter Spielern, Schlittschuhen oder Schlägern. Konzentriert versucht er, das Spielgerät aufzuspüren. Ein lauter Knall ertönt. Eindeutig ein Schlagschuss. Instinktiv presst Bailey ruckartig seine Beinschoner aufs Eis. Um so wenig Torfläche wie möglich zu bieten, richtet er dabei seinen Oberkörper auf und reißt die Fanghand nach oben.

Klooonk.

Nur Sekunden später ein zweiter Knall. Diesmal klingt das Geräusch jedoch metallischer. Der Puck hat seine Reise beendet. Krachend ist er gegen die Torlatte geknallt.

Ein lautes Stöhnen hallt von den Zuschauerrängen durch die ausverkaufte Arena.

Mit der Wucht des Aufpralls wird die Scheibe zurück ins Spielfeld geschleudert. Der Puck schlittert zurück in den Slot. Rund eineinhalb Meter vor dem Torgehäuse kommt dieser zum Erliegen.

Alle Augenpaare auf und neben dem Eis folgen dem kleinen Spielgerät. Im nächsten Moment stürzen sich alle nahestehenden Spieler auf das Hartgummi. Diesmal hat aber Aaden die Nase vorn. Als Erstem gelingt es ihm, mit seinem Schläger den zitternden Puck zu erreichen. Auf sein rechtes Bein gestützt, chippt er die Scheibe kräftig gegen die Bande, um sie aus dem Drittel zu befördern. Im nächsten Moment wird er von einem wuchtigen Check getroffen und knallt seitlich voran auf die harte Spielfläche. Schmerzhaft durchfährt der Aufprall seine Glieder. Der Puck hat das Verteidigungsdrittel derweil aber längst verlassen.

- - -

In der Zwischenzeit ist auch die schier endlos erscheinende Sekunde der verbliebenen Strafzeit auf dem Videowürfel auf null gefallen. Mit einem kurzen Aufblinken signalisiert der Bildschirm das Ende der Strafe. Dies registriert Alex aber bereits nicht mehr. Mit dem Ende der Strafe wurde die in die Spielfeldbande eingelassene Türe der Kühlbox geöffnet. Harsch zieht er diese zur Seite, bis die entstandene Lücke ausreichend ist, damit er seinen Oberkörper hindurchschieben kann. Kaum berührt er mit seinen Kufen das Eis, da nimmt er aus dem Augenwinkel einen herannahenden Gegenstand wahr.
Die von Aaden aus dem Verteidigungsdrittel beförderte Scheibe war gegen die Bande geprallt und rast nun mit hoher Geschwindigkeit auf ihn zu. Instinktiv presst er seine Schlägerkelle auf den gefrorenen Untergrund. Dies war auch keine Sekunde zu früh. Mit einem lauten *Klack* knallt der Puck gegen die Kelle. Alex braucht nicht lange, um die Situation richtig einzuschätzen. Der Puck ist unter seiner Kontrolle. Die Spieler beider Mannschaften befinden sich im Drittel der Blizzards. Der Weg ins gegnerische Drittel ist frei. Nur der Goalie steht zwischen ihm und dem

Torgehäuse. Ohne lange zu fackeln, presst er seine linke Kufe ins Eis, stößt sich ab und stürmt explosionsartig nach vorn.

Die Verteidiger der Fire Hawks wirken überrascht. Verärgert über die entstandene Situation sprinten sie dem jungen Spieler im blauen Trikot hinterher. So sehr sie sich aber auch bemühen, erreichen sie den flinken Alex Knight nicht rechtzeitig.

Auch die Schiedsrichter haben alle Mühe, zügig auf die andere Spielfeldseite zu gelangen. Schwer atmend hasten auch sie dem jungen Stürmer hinterher.

Durch die Zuschauerränge hallt währenddessen ein aufgebrachtes Stöhnen. Dieses mischt sich mit einigen euphorischen Rufen aus dem Gästefanblock.

Alex nimmt das Geschehen um ihn herum jedoch nur noch gedämpft wahr. Die seltene und einzigartige Chance, die hier vor ihm liegt, will er nicht ungenutzt verstreichen lassen. Er will den Treffer unbedingt. Für sich, für das Team, für die Fans und für den Verein. In vollem Lauf rast er in das Drittel der Fire Hawks hinein. Den Puck treibt er mit seiner Schlägerkelle gekonnt vor sich her.

Mit erhobenem Kopf wägt er seine potenziellen Möglichkeiten ab, den Goalie zu überwinden. Noch kann er keine Lücken oder Schwachstellen im Spiel des erfahrenen Goalkeepers erkennen.

Unbeirrt hält er auf das Torgehäuse zu. Noch rund vier Meter liegen zwischen ihm und seinem Ziel. Ein Zucken seines Schlägers erfolgt. Der Goalie lässt sich aber nicht bluffen. Noch immer steht er auf den Beinen. Mit breiter Brust und erhobenem Fanghandschuh verfolgt er fokussiert den Weg der kleinen runden Hartgummischeibe. Noch rund zwei Meter verbleiben. Ruckartig schiebt Alex die Scheibe nach rechts. Begleitet wird die Tat mit einem kleinen Satz seiner Schlittschuhe. Goalie Vodkasky reagiert nun sofort. Gekonnt presst er die Beinschienen aufs Eis und schließt die betroffene Seite des Tores. Konzentriert verfolgt er, wie sich die Schlägerkelle vorbereitend für einen Handgelenkschuss hinter den Puck schiebt.
Der Abschluss folgt. Doch was ist das? Im letzten Moment chippt Alex die Scheibe zurück auf die linke Seite. Der Puck rauscht einen knappen Meter vor dem Goalie über das Eis. Sein Gewicht verlagert der junge Stürmer auf das linke Bein, während er bereits halbfallend den Puck gerade

noch mit der Rückhand in Richtung des Tores schleudert.

Natürlich reagiert aber auch der Goalie auf die Situation. Unter voller Körperspannung schiebt er seinen Körper in die entgegengesetzte Richtung. Gleichzeitig positioniert er seine Stockhand so vor dem Tor, dass er es gerade noch verdeckt.

Der Puck wurde vom Eis gehoben. Wild schlenkernd fliegt dieser dem Tor entgegen. Von einem Klacken begleitet folgt der erste Aufschlag. Die Spielscheibe trifft die Kante des Goalie-Schlägers. Durch den Aufprall verändert sich die Flugbahn. Die Gummischeibe wird steiler nach außen gelenkt. Ein erneuter Aufprall folgt. Mit einem Klonk wird dem Hartgummi ein weiterer Richtungswechsel aufgedrückt.

Die Scheibe wurde gegen den Innenpfosten geschleudert. Von dort fliegt sie nun auf Höhe der Torlinie dem Eis entgegen. Bevor sie dieses jedoch erreichen kann, wird sie von einem dritten Aufprall gestört.

Der herangleitende Goalie erwischt den Puck mit seinem Schlittschuh. Der erneute Aufprall schiebt die Scheibe nach hinten. Endlich erreicht sie ihr Ziel. Der Puck schlägt auf dem Eis auf. Ein paar letzte Vibrationen versetzen das Spielgerät in Schwingung, bevor es ruhig zum Erliegen kommt.

Alex liegt auf der kalten Eisfläche und starrt gebannt in Richtung des Torgehäuses. Vom herannahenden Schiedsrichter wird auf einmal der rechte Arm nach vorne geschoben. Mit klarer Geste deutet er auf das Torgehäuse.

Tor?? Tooor!? Toooooor!!

Nun realisiert auch Alex, was gerade passiert ist. Der Puck ist hinter der Torlinie zum Erliegen gekommen. Er hat es geschafft. Er hat seine Mannschaft wieder ins Spiel gebracht.

Während sich seine Mitspieler auf den noch immer am Boden liegenden jungen Spieler stürzen, bricht auch im Gästefanblock ekstatischer Jubel aus. Der Ausgleich ist geschafft. Das Spiel ist wieder offen. Der Traum, er lebt.

Auf der anderen Seite zeigen sich saure Mienen bei den Fire Hawks. Während Goalie Vodkasky verärgert die Scheibe aus seinem Tor herauschippt, ertönt vom Stadionsprecher eine monotone Durchsage:

„Es ist die achtundvierzigste Spielminute. Ausgleich durch die Blizzards. Torschütze der Spieler mit der Nummer 9, Alex Knight. Damit der neue Spielstand drei zu drei."

Mit einem breiten Dauergrinsen im Gesicht lässt sich Alex auf die Spielerbank plumpsen. Nachdem sich der Spielerpulk auf ihm gelegt hatte, durfte er zurück zur Mannschaftsbank. Stolz und mit erhobener Faust fuhr er entlang der Spielerbank und holte per Faustcheck die Anerkennung seiner Teamkameraden ein. Am Ende der Reihe angekommen, stieg er durch die in die Bande eingelassene Türe und setzte sich zu seinen Teamkameraden. Aaden folgte ihm. Schnell hatte er sich die von Goalie Vodkasky weggeschlagene Spielscheibe gesichert. Stolz drückt er das Erinnerungsstück zum ersten Final-Tor seinem jungen Kameraden in die Arme.

Bevor das Spiel fortgesetzt wird, tönt vom Stadionsprecher die Ansage *„Powerbreak"* durch die Arena. Stolz nutzt der Stadionsprecher die kurze Unterbrechung zur Verkündung der Zuschauerzahl. „Wir sind ausverkauft! Die Fire Hawks bedanken sich bei 23.410 Zuschauern."

Auch Coach Kingsley nutzt die Unterbrechung. Energisch gibt er Anweisungen an seine Spieler. Es sind noch rund elf Minuten zu spielen. Jeder Fehler, jede kleine Unachtsamkeit könnten das Spiel entscheiden. Er fordert seine Spieler zu voller Konzentration und vollem Einsatz auf.

Dann ist es so weit. Mit einem akustischen Signal endet die Unterbrechung. Beide Mannschaften schicken ihre Spieler zurück aufs Eis. Natürlich haben auch die Schiedsrichter ihre Pause beendet. In gewohnter Manier steht ein Referee am mittleren Bullypunkt parat.

Alex sitzt auf der Spielerbank. Nachdem er der Spielerformation nachgeschaut hat, welche das Eis betritt, schweift sein Blick zum Videowürfel. In großen Zahlen sieht er eine Drei über dem Wappen der Fire Hawks. Gleich daneben ist unschwer eine zweite Drei zu erkennen. Diese prangt über einem Eissturm in blauen Farbtönen. Einem Blizzard. Unterhalb des Spielstands blinkt die Spielzeit bei 11 Minuten und 32 Sekunden.

Der Puck fällt. Die Uhr beginnt wieder zu laufen. Auf dem Spielfeld entsteht Bewegung. Beiden Mannschaften ist deutlich anzusehen, dass sie den Ernst der Lage verinnerlicht und die Coaches die Strategie angepasst haben. Die Defensivarbeit steht nun an erster Stelle. Dennoch baut die Heimmannschaft schnell wieder massiven Druck auf. Ein Angriff der Fire Hawks wird an der blauen Linie zum Defensivdrittel gestoppt. Der daraufhin angedachte Konter misslingt jedoch. Durch einen ungenauen Pass, gelingt es einem roten Trikot schnell wieder, den Puck zu erobern. Sofort verlagert sich das Spiel wieder in die Hälfte der Blizzards. Diesmal fahren die Fire Hawks in das Verteidigungsdrittel hinein. Trotz guter Defensivarbeit findet der Puck den Weg in Richtung des Tores. Goalie Bailey lässt sich aber nicht überwinden. Mit seiner Stockhand schlägt er die heranschwirrende Scheibe zur Seite hin weg. Krachend schlägt der Puck gegen die Bande.

Die Atmosphäre im Stadion wirkt angespannt. Mitfiebernd mit ihrer jeweiligen Mannschaft verfolgen die Fanlager das Spielgeschehen auf dem Eis. Vereinzelte Trommelschläge und Fangesänge, gepaart mit kürzeren Aufschreien sind zu vernehmen.

Aaden sitzt auf der Spielerbank und wippt energisch mit den Beinen. Der nächste Wechsel obliegt seiner Reihe. Heiß brennt er darauf, wieder in das Spielgeschehen einzugreifen. Die Sehnsucht nach dem Pokal zerreißt ihn innerlich. Über ein halbes Jahr sind sie diesen Weg gegangen. Nach einer durchwachsenen Saison haben sie sich selbst mit einem famosen Playoff-Durchmarsch belohnt. Nun stehen sie hier. Hier im Finale um die Meisterschaft. Sein Blick schweift zum Videowürfel. *7 Minuten 23 Sekunden… 22 Sekunden…*

Gute sieben Minuten. Das ist alles, was sie von dem großen Traum – der ersten Meisterschaft – noch trennt. Aber es ist auch alles, was ihnen zum Erfüllen dieses Traumes verbleibt. Lächerliche sieben Minuten.

Ein Knall reißt ihn wieder aus seinen Gedanken. Unverzüglich schweift sein Blick zurück aufs Feld. Dort sieht er, wie der Puck gerade in hohem Bogen aus dem Verteidigungsdrittel fliegt. Wenige Sekunden später ertönt der Pfiff des Schiedsrichters. *Icing,* lautet die Entscheidung.

Genervt verdreht er die Augen. Durch den unerlaubten Weitschuss ist es seiner Mannschaft nicht gestattet die Spielerreihe zu wechseln, während die Fire Hawks die Situation nutzen und frisches Personal aufs Eis schicken. Weiter bleibt Aaden nichts anderes übrig als das Spielgeschehen zu verfolgen.

„Los Männer, KÄMPFEN“, ruft er seinen Mitspielern entgegen. Schwer schnaufend erntet er zustimmendes Nicken der aktiven Spieler. Zielstrebig nehmen diese ihre Anspielpositionen am Bullypunkt des Verteidigungsdrittels ein.

Ein weiteres Mal fällt der Puck. Das Bully geht aber dennoch an die Hausherren. Der Puck flitzt in Richtung der blauen Drittellinie. Dort wird er von einem der Verteidiger der Fire Hawks in Empfang genommen. Die restlichen Spieler bauen sich im Drittel auf.

Aaden kickt mit seinem rechten Schlittschuh gegen die Bande. Seine Teamkameraden auf dem Eis sind am Ende ihrer Kräfte. Die Fire Hawks nutzen dies aus und schnüren ihren Gegner gekonnt immer weiter ein. Die Spielzeit läuft stetig herunter. Ein erneuter Rückstand wäre tödlich.
„Kommt schon, haut die blöde Scheibe aus dem Drittel und auf zum Wechseln!“, flucht er vor sich hin. Seinem Wunsch scheint man aber nicht nachzukommen. Unglücklich verfolgt er wie die schwarze Hartgummischeibe über das Eis gleitet. Von der blauen Linie kommend, führt ihr Weg in Richtung der Torlinie. Dort gibt es kein Verharren. Schnell wird die Scheibe per Direktpass quer

durch den Slot gespielt. Ein rotes Trikot taucht ungedeckt vor Torhüter Bailey auf. Mit einem krachenden Schlagschuss wird der Puck in Richtung des Tores gehämmert.

Überrumpelt reißt Bailey seinen Oberkörper und seine Arme nach oben.

Wumps.

Krachend knallt der Puck gegen den Schulterpanzer des Torhüters. In weitem Bogen wird die Scheibe über das Tor geschleudert. Als die Scheibe in den Sturzflug übergeht, landet sie im Fangnetz. Der Pfiff des Schiedsrichters ertönt. Das Spiel ist unterbrochen.

Erleichtert atmet Aaden aus. Das Spiel bleibt offen. Er drückt sich von der Spielerbank ab und springt über die Bande. Die scharfen Kufen seiner Schlittschuhe schneiden sich in das harte Eis. Mit gleitenden Bewegungen nimmt er Fahrt auf. Seine vier Teamkollegen der ersten Formation folgen ihm. Der Schiedsrichter hat sich im Verteidigungsdrittel am linken Bullypunkt eingefunden. Lässig umkurvt er den Offiziellen, bevor er mit einer halben Körperdrehung vor dem Bullypunkt zum Stehen kommt. Den Oberkörper nach vorne gebeugt und den Schläger auf seinen Oberschenkel gestützt, wartet er auf sein Gegenüber.

Da kommt er auch schon. Stürmer Franklin Hanson kommt auf ihn zu. Nachdem sich auch dieser ihm Gegenüber positioniert hat, wird das Spiel eröffnet. Der Puck löst sich aus der Hand des Referees. Die Schläger der beiden Center rauschen nach vorne. Krachend schlagen die Kellen gegeneinander. Aaden hat das Momentum auf seiner Seite. Er bringt es fertig, das Bully für sich zu entscheiden. Getrieben von seinem kräftigen Rückstoß schlittert der Puck in Richtung seiner Mitspieler. Verteidiger Louie Toe schnappt sich die Scheibe. Zügig fährt er hinter das Torgehäuse und verschafft sich einen Überblick. Das Spielfeld entwickelt sich bereits wieder dynamisch. Seine Mitspieler fahren in breiten Bögen entlang der Bande und pressen ihre Kellen aufs Eis. Auch die Fire Hawks sind in Bewegung.

Louie trifft eine Entscheidung. Mit einem kräftigen Pass schiebt er die Scheibe nach vorne. Das Spielgerät findet die Kelle von Jaeson. Der in der Vorwärtsbewegung befindliche Stürmer nimmt sofort Fahrt auf. Mit einer schnellen Übersetzung seiner Schlittschuhe schießt er in Richtung des gegnerischen Drittels davon. Vor ihm tauchen zwei Verteidiger in roten Trikots auf. Ein Durchkommen ist nicht zu erwarten. Bevor es zur Kollision kommt, schiebt er die Scheibe quer über das Feld. Der Puck knallt gegen Aadens Schlägerkelle. Mit eiserner Entschlossenheit überquert der Stürmer die blaue Linie und fährt in das Angriffsdrittel hinein. Bevor ihn ein Gegenspieler erreicht, gibt er den Puck ab. Mit einer lässigen Drehung seines Schlägers drückt er die Scheibe zurück zur blauen Linie. Verteidiger Ragna Rogen war dicht hinter ihm. Auch er hat das Drittel betreten und wartet gierig auf eine Scoring-Chance. Während er die Scheibe ruhig mit seiner Schlägerkelle umherschiebt, sieht er, wie sich nun auch Jaeson im Drittel bemerkbar macht. Der Stürmer rauscht heran. Im Slot vor dem Tor presst er seine Kufen ins Eis. Während er den Goalie mit dieser kleinen Eisdusche beglückt, dreht er sich zum Spielgeschehen. Mit seiner Positionierung nimmt er dem Goalie die Sicht auf den Puck. Auch bereitet er sich darauf vor einen etwaig herannahenden Puck abzufälschen. Da ist es auch schon so weit. Ragna wirft mit seinem Schläger die Scheibe aufs Tor. Sein Pass sucht Jaesons Schlägerkelle.

Gesucht und gefunden.
Der heranfliegende Puck erwischt die Kelle und verändert ruckartig seine Flugbahn. Wieder nach unten gedrückt reißt es das schwarze Hartgummi – wie ein herabstürzendes Flugzeug – dem Boden entgegen.

Klooonk.

Ein kollektives Stöhnen durchfährt die Arena. Mit großen Augen verfolgen die Fans die Spielsituation. Der Puck schlägt gegen den Torpfosten und kommt vor dem Gehäuse zum Erliegen. Noch bevor Jaeson reagieren kann, wirft sich Goalie Vodkasky bereits auf das Spielgerät und begräbt dieses in seinem Fanghandschuh.
Der Pfiff des Schiedsrichters ertönt.

Während sich Jaeson gerade vom Tor abwenden will, trifft ihn ein harter Stockcheck in die Rippen. Ein stechender Schmerz durchfährt seinen Oberkörper. Als er sich umblickt, schaut er direkt in die Augen des Hünen Thore Thöben. Der Anblick des Verteidigers entfacht in ihm direkt eine innere Wut. Auf Krawall gebürstet, schlägt er dem Hünen ebenfalls den Schläger gegen die Brust. Bevor die Situation jedoch eskaliert, werfen sich die Schiedsrichter zwischen die beiden Spieler. Zielstrebig schieben sie den Stürmer aus dem Slot heraus.

Auf den Zuschauerrängen hallen fordernde Rufe durch die Arena. Die Härte auf dem Eis wird wohlwollend aufgesogen. Daneben hätten die Fanlager gerne eine Strafe für das andere Team gesehen. Die Schiedsrichter sind sich in ihrer Entscheidung jedoch sicher. Mit erhobener Hand und fünf ausgestreckten Fingern wird den beiden Coaches signalisiert, dass es mit voller Besetzung weitergeht.

Auf dem Weg zur Spielerbank klopft Aaden seinem Teamkameraden stolz gegen den Beinschoner. Jaeson begegnet seinem Blick. Wortlos steigen die beiden durch die Türe und betreten die Mannschaftsbank.

Die Uhr auf dem Videowürfel ist zwischenzeitlich auf 4 Minuten und 32 Sekunden heruntergelaufen. Aaden lässt sich auf die Spielerbank fallen. Er nimmt einen kräftigen Schluck aus seiner Trinkflasche. Während auf dem Spielfeld bereits wieder der Puck gefallen ist, wischt er sich mit einem Handtuch den Schweiß aus dem Gesicht. Noch immer ist die

Entscheidung nicht gefallen. Der Videowürfel verkündet weiterhin in großen Zahlen den ausgeglichenen Spielstand von 3 zu 3.

Aaden verfolgt, wie sich das Spielgeschehen wieder in Richtung von Goalie Bailey entwickelt. Mit schnellen Pässen kombinieren sich die gegnerischen Angreifer in das Drittel. Seine Teamkameraden halten aber energisch dagegen. Wild entschlossen kämpfen sie um jeden Zentimeter Eis und werfen sich in alle anbahnenden Schüsse. Die Minuten verrinnen. *3 Minuten und 21 Sekunden, 20 Sekunden…*
Spielerisch wirken die Fire Hawks weiterhin überlegen. Die ganz großen Chancen bleiben jedoch aus. Ein Befreiungsschlag erfolgt. In hohem Bogen fliegt die Scheibe wieder aus dem Drittel heraus. Taumelnd bahnt sie sich ihren Weg auf die andere Seite.

Die Blizzards nutzen den Befreiungsschlag. Zügig fahren die Spieler zum Wechseln. Die dritte Reihe springt über die Bande. Sie kommt gerade recht, um den nächsten Angriff der Fire Hawks zu empfangen. Der Druck auf das Torgehäuse von Goalie Bailey Basen wächst stetig an. Der nächste Schuss wird auf den Torhüter abgefeuert. Der Goalie hat freie Sicht. Mit einer gezielten Bewegung seines Schoners drückt er das Gummigeschoss zur Seite weg. Seinen Vordermännern gelingt es, den Puck an der Bande zu sichern. Im nächsten Moment chauffieren sie die Scheibe mit zwei gut platzierten Pässen aus der Gefahrenzone. Nahe der Mittelfeldlinie ist jedoch kein Vorankommen. Wenige Zentimeter hinter der Linie wird der Puck daher entlang der Bande allein auf die Reise in Richtung des Drittels der Heimmannschaft geschickt. Der schwarze Hartgummi gleitet entlang der Bande über das Eis. Gegen Ende der Spielzeit des laufenden Drittels ist die Spielfläche schon sichtlich abgeschabt. Das Spielgerät kommt daher nur schwerfällig voran. Bevor der Puck das Ende des Spielfeldes erreicht, wird dieser von einem gegnerischen Verteidiger wieder aufgenommen. Der Verteidiger forciert einen schnellen Aufbaupass nach vorn.

Die dritte Reihe der Blizzards nimmt die Gelegenheit wahr, um wieder zu wechseln. Kurze und intensive Spielintervalle sind die Vorgabe des Coaches. Während die Spieler dabei sind das Eis zu verlassen, macht sich nun wieder Aaden mit seinen Kameraden auf den Weg. Mit einer stilvollen Bewegung schwenkt er seine Beine über die Bande, während er sich mit seiner rechten Hand auf der Spielfeldumrandung abstützt. Auch sie haben keine Zeit zu verlieren. Die Fire Hawks befinden sich schon wieder im Anmarsch.

Der schnelle Aufbaupass eines Fire-Hawks-Verteidigers navigierte den Puck zielgenau auf die Schlägerkelle von Cannon Belt. Der Stürmer im roten Trikot konnte die Scheibe auf Höhe der Drittellinie in Empfang nehmen. Zügig fährt er nun in das Drittel hinein. Die von der Spielerbank herannahenden Spieler in blauen Trikots sieht er auf sich zukommen. Er lässt sich aber nicht beirren. Zielstrebig hält er seinen Kurs in Richtung des Tores bei. Nur noch wenige Meter trennen ihn von seinem Ziel. Der Goalie fokussiert ihn. Die linke Torecke scheint jedoch offen. Hier sieht er seine Chance gekommen. Den Puck legt er sich auf die Vorhand und drückt den Schläger aufs Eis.

Wuuummppss.

Wie von einem Wirbelsturm erfasst, zieht ihn eine rohe Gewalt mit sich. Verteidiger Louie Toe kracht mit voller Geschwindigkeit in den Stürmer. Von dem wuchtigen Check erfasst, wird er rund zwei Meter durch die Luft geschleudert. Unsanft landet er auf dem gnadenlos harten Eis.

Das Fanlager der Gäste drückt seine Begeisterung für den ausgeteilten Check lautstark aus. Während die Fans der Heimmannschaft empörte Rufe durch die Arena schicken.

In den Rufen ist der Pfiff einer Trillerpfeife nur schwer zu hören. Der Schiedsrichter reißt seinen Arm nach oben. Der Check wird mit einer zweiminütigen Zeitstrafe geahndet. Aber auch Louie reißt nun seine Arme nach oben.
„Was soll das? Wir sind doch hier nicht im Kindergarten!“, ruft er in Richtung des Offiziellen.
Verärgert macht er sich dann auf den Weg zur Strafbank.

Die Spielzeit steht zwischenzeitlich bei 1 Minute und 26 Sekunden. Während die Fans der Heimmannschaft ihren Support für die anstehende Überzahl nochmals hochfahren, flucht und gestikuliert Headcoach Kingsley wütend auf der Spielerbank. Zornerfüllt diskutiert er mit dem Schiedsrichter. Die Strafe will er nicht wahrhaben. Sein Einsatz ist jedoch wirkungslos. Mit klarer Körpersprache winkt der Offizielle die

Einwände ab. Die Entscheidung ist gefallen. Weiter geht es im Powerplay mit fünf gegen vier Feldspielern.

Das Bully fällt im Verteidigungsdrittel der Blizzards. Während die Fire Hawks ihre erste Überzahlformation aufs Eis schicken, müssen die Blizzards wieder einmal eine Unterzahlformation akquirieren.

Louie Toe lässt sich auf die Strafbank fallen. Die Türe vor ihm schließt sich. Verärgert kickt er mit dem Schlittschuh gegen die Bande. Es bleibt ihm nichts anderes übrig als hilflos seinen Teamkameraden dabei zuzusehen, wie sie sich gegen die gegnerische nummerische Überzahl stemmen. Sein Blick schweift zum Videowürfel. Das Drittelende steht kurz bevor. Jetzt nochmal einen Gegentreffer zu kassieren und in Rückstand zu geraten wäre tödlich. Frustriert atmet er aus. Sein Blick wendet sich wieder dem Geschehen auf dem Spielfeld zu.

Dort fällt der Puck. Die Uhr auf dem Videowürfel beginnt wieder zu laufen. Aaden konnte sich das Anspiel sichern. Der Puck rauscht in Richtung seiner Teamkameraden. Im nächsten Moment bugsiert Ragna die Scheibe in hohem Bogen aus dem eigenen Drittel. Erfreut reißt Louie die Faust nach oben. Erst einmal der Befreiungsschlag. Aus dem Augenwinkel prüft er die herablaufende Uhr. Noch 1 Minute und 15 Sekunden sind in der regulären Spielzeit und somit auch in Unterzahl zu überstehen. Die Fire Hawks mussten dem Puck zurück ins eigene Drittel folgen. Beginnend hinter dem eigenen Torgehäuse soll der nächste Aufbau starten. Während Aaden den puckführenden Spieler im Blick behält, fährt er ins Drittel der Fire Hawks hinein. Mit seinem Forechecking will er einen gezielten Aufbau des Gegners behindern. Sein Sturmpartner Jaeson kreist auf Höhe der Mittelfeldlinie. Die beiden Verteidiger verbleiben auf Höhe der eigenen Drittellinie zurück. Hochkonzentriert erwarten sie den anstehenden Angriff.

Nikolas Marry bewegt den Puck in kleinen Kreisen. Der Verteidiger steht im Drittel der Fire Hawks hinter dem eigenen Torgehäuse und beobachtet die Laufwege seiner Mitspieler. Dann ist der Moment gekommen. Stürmer Cannon Belt steht für den Aufbaupass parat. Zügig rauscht die Scheibe über das Eis. Gut platziert ist es ihm ein Leichtes das Spielgerät zu kontrollieren. Die beiden Stürmer Ramp und Ramsey liegen knapp hinter ihm. Der Platz auf dem Eis ist ihm gegeben. Mit schneller Übersetzung seiner Beine treibt er die Kufen seiner Schlittschuhe ins Eis. Unter seinen Kufen spritzt das Eis quietschend heraus, während er den Spurt in Richtung des Blizzards-Drittels antritt. Die Verteidiger in blauen Trikots versperren ihm jedoch auf Höhe der blauen Drittellinie den Weg. Kurz bevor er diese erreicht, schlägt er mittels Hockeystopp die Kufen ins Eis. Parallel schiebt er den schwarzen Hartgummi quer über das Feld.

Klack.

Die Scheibe schlägt zielstrebig gegen die Schlägerkelle seines herangenahten Sturmkollegen Franklin. Ungehindert fährt dieser in das Drittel hinein.

Währenddessen ertönt die Stimme des Stadionsprechers: „Es läuft die letzte Spielminute. Auf geht's Fire Hawks!“

- - -

Louie verfolgt angestrengt das Geschehen auf dem Eis. Die beiden Verteidiger seiner Mannschaft decken die ins Drittel eingedrungenen Gegenspieler. Aadon und

Jaeson befinden sich in der Rückwärtsbewegung. Im Drittel tummeln sich jedoch bereits drei rote Trikots. Genervt von seiner Hilflosigkeit sieht er zu, wie die Scheibe im eigenen Drittel rotiert. Der Hawks-Stürmer Franklin Hanson hat die Scheibe ins Drittel hineingetragen. Zum Abschluss ist er noch nicht gekommen. Über zwei Stationen zirkuliert der Puck im Drittel. Zwischenzeitlich ist er zu Hanson zurückgekehrt. Der Stürmer im roten Trikot fährt mit dem Spielgerät hinter das Tor. Goalie Bailey packt reflexartig die Beinschoner aufs Eis. Im nächsten Moment erscheint Hanson auf der anderen Seite des Tores. Dann ein Pass. Die schwarze Hartgummischeibe flitzt über das Eis. Ungehindert erreicht sie die Schlägerkelle von Cannon Belt.

Wuuummp.

Kraftvoll jagt Belt die Scheibe auf das von Goalie Bailey beschützte Tor.
Die komplette Arena scheint den Atem anzuhalten. Ist das die Entscheidung …?

Kloonk.

Das Geräusch ächzenden Metalls ertönt und dämpft die Hoffnung der Anhänger der Heimmannschaft. Der Puck hat den Weg ins Tor wieder verpasst. Seine Energie entlädt er im Kreuzeck des Torgehäuses und wird durch den harten Aufprall zurück aufs Eis geschleudert. Ragna reagiert am schnellsten. Der Puck fällt ihm fast vor die Füße. Aus dem Augenwinkel nimmt er die beiden herannahenden blauen Trikots der Stürmer seines Teams wahr. Bevor ihn ein Gegenspieler daran hindert, will er die beiden wieder zurück in die andere Richtung schicken. Über die Bande chippt er die Scheibe aus dem Drittel heraus. Der Puck knallt gegen die Spielfeldumrandung und wird wieder in Richtung des Eises geschleudert.

Aaden und Jaeson erkennen sofort ihre Chance. Schnell pressen sie die Kufen ins Eis. Noch bevor sie zum Stillstand kommen, trotzen sie der Fliehkraft und nehmen die Verfolgung des Pucks auf. Abgeschabtes Eis spritzt über das Feld. Jaeson erreicht den zappelnden Puck als Erster. Im vollen Sprint streckt er seinen Schläger nach dem Hartgummi aus. Das Spielgerät schiebt er in die gewünschte Richtung. Seinen Teamkameraden nimmt er im Augenwinkel wahr. Die Fire Hawks wirken von dem schnellen

Richtungswechsel überrascht. Gerade noch die große Chance zur Führung. Im nächsten Moment in der Bredouille. Die Verteidiger versuchen, an den beiden Stürmern dranzubleiben. Dies ist jedoch kein leichtes Unterfangen. Mit Schläger und Körper versuchen sie den Puck führenden Spieler von dem Spielgerät zu trennen. Unaufhaltsam bahnen sich Jaeson und Aadon ihren Weg in Richtung des Angriffsdrittels. Die beiden passieren die blaue Drittellinie.

Diesmal ist es der Gästefanblock, in dem eine neue Euphorie erwacht. Mit lauten Schreien befeuern die Anhänger den Weg der Stürmer.

Jaeson sieht nur noch den Goalie vor sich. Zwar muss er alle Kraft aufwenden, um den Traktionen des an ihm klebenden Gegenspielers standzuhalten, dennoch legt er alles daran, den Fokus auf die Bewegung und Positionierung des Torhüters zu bekommen. Wo ist die Lücke? Wo ist der Fehler? Soll er selbst abschließen? Soll er den Pass zu Aaden suchen? Tausende Gedanken schwirren durch seinen Kopf.

Klack.

Etwas hakt in seinen Schlittschuh ein. Wie aus dem nichts verlieren seine Kufen den Kontakt zum Eis. Während sein Oberkörper weiter nach vorne gerissen wird, kommen seine Beine unweigerlich zum Stehen. Ohne weitere Chance der Eigenkontrolle reißt es den Stürmer nach vorne. Gerade noch im Fallen gelingt es ihm, den schwarzen Hartgummi zur linken Seite zu schieben. In dieser Richtung müsste sich Aaden befinden.

Der Arm des Schiedsrichters schnellt nach oben. Der Schläger des Verteidigers hat sich im Schlittschuh des Blizzard-Stürmers verhakt. Das entspricht unstrittig dem Straftatbestand eines Beinstellens.

- - -

Aaden befindet sich leicht versetzt nur knapp hinter seinem Sturmpartner. Auf der linken Spielfeldseite ist er diesem hinterhergehechtet. Unwillkürlich nimmt er das Einhaken des Gegenspielers in Jaesons Schlittschuh wahr. Während er mit dem vorhandenen Schwung weiter über das Eis gezogen wird, sieht er wie Jaesons Schläger schwankend den Puck in seine Richtung bugsiert. Perfekt. In voller Fahrt nimmt er die Scheibe auf. Das Ende des Spielfeldes ist nur noch wenige Meter entfernt. Kurz bevor er die Torlinie erreicht, gelingt es ihm den Puck auf die Vorhand zu legen. Mit einem satten Handgelenkschuss jagt er das Spielgerät in Richtung des Torgehäuses. Nicht einmal eine Sekunde später kracht er auch schon in vollem Lauf gegen die Spielfeldumrandung. Schmerzend durchfährt der Einschlag seinen Körper.

Sein Einschlag geht jedoch bereits in schallenden Schreien unter. Aadens Blick geht zum Tor. Durch das Netz erkennt er den schwarzen Hartgummi auf dem Boden liegend. Tor?
Er entdeckt die Ursache der Geräuschkulisse. Diese stammt eindeutig aus dem Fanblock der Blizzards. Toor?
Auch den Schiedsrichter nimmt er nun wahr. Dieser steht mit ausgestrecktem Arm wenige Meter von ihm entfernt. Sein Arm zeigt klar in Richtung des Torgehäuses. Ja, Tooor!

Er hat es geschafft. Sein Schuss hat den Weg am Goalie vorbei gefunden. Er hat den Führungstreffer erzielt. Und das in Unterzahl! Ein lauter Aufschrei entfleucht ihm. Euphorisch reißt er die geschlossene Faust nach vorne. Dann erreichen ihn auch schon seine jubelnden

Mitstreiter. Mit ausgestreckten Armen springen sie ihm entgegen und reißen ihn von den Beinen.

Die Uhr des Videowürfels ist bei 17 Sekunden stehen geblieben. Die Spielzeit ist fast beendet. Parallel mit einer nüchternen Durchsage des Stadionsprechers verändert sich der Spielstand. Unter dem Logo der Blizzards prangt eine große Vier. Das Logo der Fire Hawks bleibt mit einer Drei verziert.

Aaden kann es noch nicht fassen. Auf dem Weg zur Spielerbank kreisen die Gedanken wild in seinem Kopf. Das Blatt hat sich gewendet. Nur noch wenige Sekunden gilt es zu überstehen. Stolz fährt er entlang der Spielerbank und schlägt die Handschuhfäuste seiner Teamkameraden ab.

„Auszeit Fire Hawks“, tönt die Stimme des Stadionsprechers durch die Arena. Die Spieler beider Mannschaften ziehen sich zu ihren Spielerbänken zurück.

Auch Coach Kingsley nutzt die Unterbrechung. Energisch gibt er Anweisungen an seine Spieler. Das Bully gewinnen und den Puck schnellstmöglich aus der Gefahrenzone zu bringen heißt die Devise.

\- - -

Louie steckt noch immer in der Kühlbox fest. Bei dem in Unterzahl erzielten Tor ist er euphorisch aufgesprungen und schlug mit der Faust gegen die Scheibe. Auch er schrie seine Freude geradewegs heraus. Nachdem er sich beruhigt hat, schweift sein Blick zum Videowürfel. Oh Mann … 17 Sekunden Spielzeit verbleiben. Noch immer sind die Blizzards in Unterzahl. Die angezeigte Strafe hat sich durch das unmittelbar im Anschluss gefallene Tor wieder aufgehoben.

Ein akustisches Signal ertönt. Die Auszeit ist beendet. Der Schiedsrichter nimmt seine Position an der Mittelfeldlinie ein. Die beiden Teams fordert er auf, ihre Spieler aufs Feld zu schicken.

Gespannt starren die Fans in Richtung der Spielerbank der Heimmannschaft. Betritt Goalie Vodkasky nochmals die Spielfläche?
Das scheint nicht der Fall zu sein. Die Fire Hawks schicken anstatt dessen einen sechsten Feldspieler aufs Eis. Das bedeutet Empty Net.

Aaden betrachtet die *All-In-Taktik* der Fire Hawks, während er an den Bullypunkt fährt. Coach

Kingsley möchte die 17 Sekunden mit dieser Unterzahlformation herunterspielen.
Nachdem ein Linesmen das leere Tor geprüft hat, soll das Anspiel starten. Aaden steht bereits parat. Fokussiert heftet sich sein Blick an den Puck.

Auf den Zuschauerrängen herrscht wildes Gefühlschaos. Während die Gästefans ihren Blizzards nochmals mit lauten Gesängen die Kraft schenken wollen, um das Spiel erfolgreich zu beenden, herrscht auf den übrigen Rängen ein wildes Durcheinander. Viele Anhänger versuchen, ihre Mannschaft auf den Ausgleich zu pushen, aber auch vereinzelte verzweifelte Buhrufe hallen durch die Arena.
Allesamt sehen sie nun, wie die kleine schwarze Hartgummischeibe aus der Hand des Offiziellen gleitet und zeitgleich die Uhr auf dem Videowürfel aktiviert. Gebannt wandern die Blicke der Zuschauer zwischen Spielgeschehen und Videowürfel.

17 Sekunden: Die Fire Hawks gewinnen das Bully. Die Scheibe rauscht in Richtung des Verteidigers Thore Thöben.
15 Sekunden: Auf dem Feld entsteht Bewegung. Die Stürmer schwärmen in Richtung der blauen

Linie zum Drittel der Blizzards aus. Die Blizzards stellen sich währenddessen auf die Verteidigung ein. Die gegnerischen Spieler werden dabei auf ihrem Weg in Richtung Tor behindert.

13 Sekunden: Thore chippt die Scheibe über das Eis. Mit einem dumpfen Aufschlag erreicht das Spielgerät die Kelle von Cannon Belt.

12 Sekunden: Der Stürmer nimmt das Spielgerät in Empfang. Energisch überquert er die Drittellinie.

10 Sekunden: Den Körper zwischen den Puck und einen Gegenspieler gestellt fährt der Stürmer entlang der Bande. Hektisch steckt er seine Passmöglichkeiten ab.

8 Sekunden: Kein guter Ansatz in Sicht. Belt fasst sich ein Herz und verpasst der Scheibe einen Schlag. Das Spielgerät rauscht entlang der Bande. Die Scheibe legt einen Halbkreis zurück, bis sie auf der anderen Feldseite an der Kelle des Verteidigers Nikolas Marry abrupt gestoppt wird.

6 Sekunden: Der Verteidiger zieht den Hartgummi weg von der Bande. Im nächsten Moment chippt er die Scheibe in den Slot.

5 Sekunden: Im Slot herrscht Getümmel. Der Puck prallt gegen den Schlittschuh des Blizzars-Stürmers Jaeson und wird zurückgeschleudert. Schlägerkellen beider Mannschaften haschen nach dem schwarzen Spielgerät.

4 Sekunden: In dem Getümmel sticht ein rotes Trikot heraus. Franklin Hanson setzt sich in dem rangelnden Pulk durch. Den Schläger aufs Eis gepresst schickt er die Scheibe in Richtung des Torgehäuses. Von seinem satten Handgelenkschuss getrieben, reißt es den Hartgummi vom Eis.

Alle Augen im Stadion sind auf den schwarzen Punkt gerichtet, der durch die Luft in Richtung des Tornetzes rauscht. Sein Ziel ist zum Greifen nah.

3 Sekunden: Just in diesem Moment rauscht eine Schlägerkelle nach oben. Der Puck prallt gegen das Polster eines Fanghandschuhs und landet unsanft vor dem Torgehäuse im abgeschabten Eis. Goalie Bailey war zur Stelle. Wie eine attackierende Schlange schoss sein Arm im letzten Moment nach oben und erfasste sein Ziel. Den Einschlag konnte er verhindern.
2 Sekunden: An Ausruhen ist jedoch nicht zu denken. Bailey packt seinen Schläger. Beherzt chippt er den Puck mit seiner Schlägerkelle in hohem Bogen nach vorne. Den Spielern auf dem Feld bleibt nichts anderes mehr übrig, als dem über ihnen segelnden Puck nachzuschauen. Auf Höhe der Mittelfeldlinie setzt dieser zum

Landeanflug an und gleitet weiter über das Eis. Im nächsten Moment dringt er in das Drittel der Fire Hawks ein.
1 Sekunde: Die Geschwindigkeit ist weiterhin gut. Der Puck geht seinen weg.
Trööööt: Mit dem Ertönen der Sirene erreicht der Puck sein Ziel. Begleitet von einem dumpfen Schlag knallt er gegen den Torpfosten und bleibt regungslos liegen. Der Schiedsrichter reißt sofort die Arme zur Seite. Kein Tor.

Doch interessiert diese verpasste Chance? Was signalisierte die Sirene?
Während in den Blöcken der Heimmannschaft Fassungslosigkeit herrscht, können die Gästefans noch immer nicht realisieren, was gerade passiert ist.

Dann brechen alle Dämme. Das Spiel ist beendet.
Sieg? Siiiiieeeg!!

Im ekstatisch schallenden Jubel der Blizzard-Fans wirft Aaden seinen Schläger von sich und katapultiert seine Handschuhe in hohem Bogen in die Luft. Euphorisiert sprintet er in Richtung des Torgehäuses.

Seine Mitspieler tun es ihm gleich. Als er sein Ziel erreicht, springt er in die Traube aus blauen Trikots hinein. In deren Mitte liegt Goalie Bailey Basen bereits unter einem blauen Spielerberg begraben …

Epilog

Nachdem sich die Traube aus Körperteilen löste, folgte die ehrwürdige und für die Blizzards historische Siegerehrung. Mannschaftskapitän Aaden durfte den Meisterschaftspokal entgegennehmen. Das schwere Metallstück in Händen durchfährt ihn ein unbeschreibliches Gefühl. Dann ist der magische Moment gekommen. Majestätisch reißt er den Pokal unter den Jubelschreien seines Teams und der eigenen Fans in die Höhe.

- - -

Zusammen mit dem Pokal fährt die Mannschaft in Richtung des immer noch mit Blizzard-Anhängern prall gefüllten Gästefanblocks. Nach euphorischer Aufforderung der Fans reißen die Spieler ihre Arme nach oben.

„Blizzards sind Meister, ja die Blizzards sind Meister, die Blizzards sind Meeeiister!“, hallt es durch die Arena. Die gemeinsame Feier mit den Fans geht noch lange Zeit weiter. Die euphorische Stimmung beflügelt alle Beteiligten.

Nacheinander rufen die Fans die Spieler ihrer Mannschaft auf und bejubeln jeden Einzelnen.

- - -

Als sich die Siegerehrung allmählich auflöst, marschieren die Spieler strahlend in Richtung der Mannschaftskabine. Der Großteil des Stadions hatte sich währenddessen bereits zügig geleert. Enttäuscht und mit gesenkten Köpfen hatten die meisten Anhänger der Fire Hawks die Arena schon kurz nach der Schlusssirene verlassen.
Im Gästeblock sind die Jubelgesänge hingegen noch nicht verklungen. Laute Sprechgesänge schallen noch immer durch die Arena und auch hinein in die Katakomben.

Aaden lässt sich in der Kabine auf die Spielerbank fallen. Überglücklich zieht er den Helm von seinem Kopf. Seine aufgesammelten Handschuhe hat er direkt vor sich auf den Boden geworfen. Der Helm landet nun ebenfalls zu seinen Füßen. Er streift das Trikot ab und öffnet seinen Brustpanzer. Tief zieht er die stickige Kabinenluft in seine Lunge. Als nächstes öffnet er die Schnürsenkel an seinen Schlittschuhen. Vom Druck der Ausrüstung befreit, atmet er erneut tief ein und lässt sich nach hinten auf seinen Platz fallen. Dann endlich kann er sich wieder an die Brust greifen. Um seinen Hals hängt eine goldene Meisterschafts-Medaille. Das Ausrüstungsbefreiungsprozedere scheint sie gut überstanden zu haben. Ehrfürchtig lässt er das schwere Metall durch seine Finger gleiten. Ein unbeschreibliches Gefühl überkommt ihn. Sein Blick wandert zu dem in der Mitte des Raumes aufgebahrten Meisterschaftspokal. Goldglänzend spiegelt dieser das fahle Licht der Kabinenbeleuchtung wider.

Erneut macht sich ein Grinsen in seinem Gesicht breit. Mehr zu sich selbst murmelt er die Worte: „Hmm, ich hatte es euch versprochen … Ich werde die Party hier aufmischen!“

\- - -

Spät am Abend drückt Aaden die schwere Ausgangstüre des Kabinentraktes auf und tritt in die herrlich kalte Abendluft hinaus. Erschöpft vom Spiel, der anschließenden Feierei und den vielen Interviews der Journalisten in den vergangenen Stunden, blickt er erleichtert in den dunklen Nachthimmel. Tief atmend nimmt er die frische Luft in sich auf. Stechend durchfährt diese seine Lungen. Auf dem Weg zum Mannschaftsbus wirft

er einen letzten Blick über die Schulter auf das immer noch hell erleuchtete Stadion. Ein entspanntes Lächeln zieht ihm unkontrollierbar über das Gesicht. Er ist mit sich selbst und seinem Team mehr als zufrieden. Wenn die kommende Saison so weitergeht wie der heutige Tag endet, dann liegt noch allerhand Spaß vor ihnen. Seinen Blick wieder abwendend steigt er die Stufen in den Mannschaftsbus hinauf.
„Fahren wir nach Hause."

-Ende-

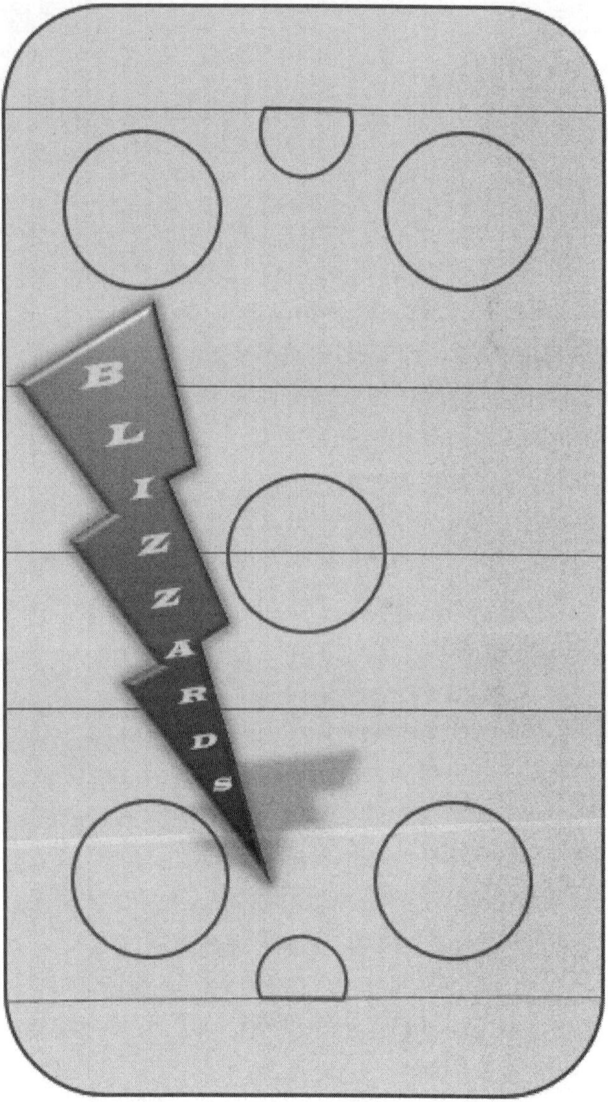
BLIZZARDs

Hinweise, Rechte und Haftungsausschluss

Die Inhalte im Buch wurden vom Verfasser sorgfältig erarbeitet und geprüft. Eine Garantie kann dennoch nicht übernommen werden. Die Inhalte sind den Erfordernissen eines Unterhaltungsromans angepasst. Alle im Buch enthaltenen Charaktere sind frei erfunden. Etwaige Ähnlichkeiten mit realen Personen sind ungewollt und nicht beabsichtigt.
Das Regelwerk des dargestellten Eishockeyspieles orientiert sich am offiziellen IIHF Regelbuch in der Fassung der Deutschen

Eishockeyliga (DEL), Stand 2019/2020. Eine Garantie für fehlerfreie Regelauslegung ist damit nicht verbunden.

Ebenso ist die Haftung des Verfassers für Personen-, Sach- und Vermögensschäden ausgeschlossen.

Druckfehler und Fehlinformationen können nicht vollständig ausgeschlossen werden.

Quellenverzeichnis

Verwendete (digitale) Quellen und Informationen sind innerhalb des Buches direkt per Fußzeile vermerkt. Die Links zu den entsprechenden Original-Webseiten sind in diesen Fällen ebenfalls enthalten, sowie das Datum des Abrufs.

Nachwort des Autors

Liebe Leserinnen und Leser,

schon vor Jahrhunderten war es den Menschen klar:

– Die Erde ist eine Scheibe –

Jeder begeisterte Eishockeyfan weiß auch noch heute, dass sich daran im 21. Jahrhundert nichts geändert hat. Mit dem Saisonstart dreht sich jedes Jahr aufs Neue alles um eine kleine schwarze runde Hartgummischeibe.

Um es fachlich korrekt auf den Punkt zu bringen, besteht der Puck laut Internationalem Eishockey-Verband (IIHF) aus vulkanisiertem Gummi, oder aus einem anderen, von der IIHF genehmigten Material. Diese wertvollen Informationen möchte ich Ihnen natürlich nicht vorenthalten.

Die Scheibe ist 2,54 cm (1 Inch) hoch und hat einen Durchmesser von 7,62 cm. Das Gewicht pendelt zwischen 156 und 170 Gramm (5,5 bis 6

Unzen).[17] Diese Maß- und Gewichtsangaben habe ich im Zuge meiner Recherchen selbstverständlich für Sie überprüft und darf Ihnen deren Korrektheit hiermit bestätigen.

So wie auch mir, geht es mit hoher Wahrscheinlichkeit auch vielen von Ihnen. Von Eishockey kann man nie genug bekommen. Ich würde mich freuen, wenn Ihnen *Powerplay – Eine Eishockey Story* – ein paar schöne Eishockeystunden zu Hause, unterwegs, im Urlaub, bei der Arbeit, im Stadion oder wo auch immer Sie gerne lesen, beschert. Wenn Ihnen die Geschichte gefällt, wäre ich Ihnen für eine positive Rezension dankbar.
Ich wünsche Ihnen viel Spaß mit diesem Buch.

Sollten Sie bislang noch nicht dem Eishockeyfieber verfallen sein, würde ich mich freuen, wenn die vorliegende Lektüre Lust auf mehr wecken konnte. Sollte dies der Fall sein, hilft nur noch eines:

Besorgen Sie sich schnellstmöglich Tickets und ab in die nächste Eishalle. Vielleicht begegnen wir uns dort auch einmal persönlich.

---

[17] Quelle: https://www.penny-del.org/news/hinter-den-kulissen-der-puck-das-vulkanisierte-spielgeraet/2465, Stand 28.08.2022

Impressum

Der Autor wird vertreten durch Herrn Theo Kneer, Am Sunthauser Weg 1, 78073 Bad Dürrheim. Grafiken, Formatierung und Illustration; Theo Kneer. Covergestaltung; Theo Kneer in Zusammenarbeit mit einem Freelancer bei fiverr.com.

Jahr der Veröffentlichung: 2022 (1. Auflage)

KDP-ISBN: 9798831769562

Powerplay

- Eine Eishockey Story -

Wie es mit den Blizzards weitergeht?

Das können Sie schon bald erfahren.

Printed in Poland
by Amazon Fulfillment
Poland Sp. z o.o., Wrocław

15082682R00103